上方みやげ

小料理のどか屋 人情帖43

倉阪鬼一郎

時代小説

二見時代小説文庫

上方《かみがた》みやげ——小料理のどか屋人情帖43

目次

上方《かみがた》みやげ　小料理のどか屋 人情帖43・主な登場人物

千吉《せんきち》……祖父長吉《ちょうきち》、父時吉《ときき ち》の下で板前修業を積んだ「のどか屋」の二代目。

およう……二人の子の子育てをしながらのどか屋の「若おかみ」を務める、千吉の女房。

時吉……旅籠付き小料理のどか屋の主《あるじ》。元は大和梨川藩《やまとなしがわはん》の侍・磯貝徳右衛門《いそがいとくえもん》。

おちよ……大おかみとしてのどか屋を切り盛りする時吉の女房。父は時吉の師匠、長吉。

長吉……浅草で「長吉屋」を営む古参の料理人。店近くの隠居所から顔を出す。

万吉《まんきち》とおひな…千吉とおようの六歳の息子と四歳の娘。

目出鯛三《めでたいぞう》……狂歌師。かわら版の文案から料理の指南書までも書く、器用な男。

春田東明《はるたとうめい》……千吉が通っていた寺子屋の師匠。今度は千吉の二人の子が通うことに。

筒堂若狭守良継《つつどうわかさのかみよしつぐ》…先々代の大和梨川藩藩主。その手腕で藩を富ませた名君だったが病に倒れた。

筒堂出羽守良友《でわのかみよしとも》…のどか屋の常連の若き大和梨川藩主。参勤交代で国元に戻ることになった。

稲岡一太郎《いなおかいちたろう》…杉山勝之進《すぎやまかつのしん》の後任として江戸勤番となった大和梨川藩士。藩内屈指の剣豪。

兵頭三之助《ひょうどうさんのすけ》…江戸勤番の大和梨川藩士。頭脳派として評判の将棋の名手。

大橋季川《おおはしきせん》……季川は俳号。のどか屋のいちばんの常連、おちよの俳諧の師匠でもある。

原川新五郎《はらかわしんごろう》…時吉の大和梨川藩時代の道場仲間。出世をして江戸詰家老となる。

京造《きょうぞう》……京の料理屋の跡取り。以前に時吉に料理の心を学び、京に「のどか屋」を開いた。

第一章　揚げ茄子《なす》二種

一

江戸の町に夏の光が降り注いでいた。

弘化《こうか》三年（一八四六）の夏だ。

繁華な両国橋《りょうごくばし》の西詰に近い横山町《よこやまちょう》の旅籠《はたご》付き小料理のどか屋は、日替わりの中食《ちゅうじき》の膳が人気だ。

その日は、こんな貼り紙が出た。

けふの中食
さうめん

てんぷら（きす、なす、かきあげ）
小ばちつき
四十食かぎり四十文

のどか屋

その日は親子がかりだった。あるじの時吉《とききち》と二代目の千吉《せんきち》が力を合わせて厨《くりや》を受け持つ。

元は武家で磯貝徳右衛門《いそがいとくえもん》と名乗り、大和梨川藩《やまとなしがわ》の禄《ろく》を食《は》んでいた時吉だが、わけあって刀を捨てて包丁に持ち替えて料理人になった。料理の師匠だった長吉《ちょうきち》の娘のおちよと結ばれてのどか屋ののれんを出し、二度にわたって焼け出されるなどの荒波を乗り越えていまに至っている。

跡取り息子の千吉はもうひとかどの料理人で、平生《へいぜい》は一人で厨仕事をこなしている。時吉は舅《しゅうと》の長吉が隠居した浅草《あさくさ》の長吉屋の花板《はないた》だ。若い料理人たちに毎日指導を行ってきたが、筋のいい弟子がだんだんに育ってきたため、のどか屋に詰める日も増えてきた。

親子がかりだと凝った料理を出せるし、品数も増える。常連客からは大いに歓迎されていた。

「かき揚げだけでもうめえな」

「それに、でけえしよう」

そろいの半纏《はんてん》をまとったなじみの大工衆が言う。

「鱚天《きすてん》もうめえ」

「茄子《なす》も負けてねえぜ」

箸が競うように動いた。

「天麩羅もいいが、やはり暑気払いの素麵《そうめん》だな」

剣術指南の武家が言った。

こちらも中食の常連だ。

「さようでございますね。……はい、お待たせいたしました」

古参のお運び役のおけいが座敷の客に膳を出した。

のどか屋には小上がりの座敷と檜《ひのき》の一枚板の席がある。後者は厨からただちに料理を出せるから重宝《ちょうほう》だ。

「こちらにもどうぞ」

新参のおてるも膳を出した。

左官の娘で、声が明るい。

「おう、来た来た」

「さっそく食《く》うぜ」

こちらは植木の職人衆だ。

冷たい井戸水で冷やした素麺は、夏場の暑気払いにはうってつけだ。刻み葱《ねぎ》におろし生姜《しょうが》、切り胡麻《ごま》に削り節。薬味もふんだんに付いている。

「はい、あと三膳」

千吉が厨から言った。

「あと三膳です」

勘定場に座った若おかみのおようが外に伝えた。

「あいよ」

大おかみのおちよが答える。

中食の膳の数は決まっている。なるたけ不満が出ぬように、きりのいいところで止めなければならない。ここは長年培ってきた腕の見せどころだ。

「今日の中食、残り三膳となりました。お早く願いまーす」

おちよのよく通る声が響いた。

「おう、急げ」

「おれらまで間に合うぜ」

客が小走りに近づいてきた。

そんな調子で、ちょうどうまい具合に数に達した。

けふの中食、うりきれました
またのお越しを

そう記された立札を、おちよは手際よく出した。

二

中食が終わると、二幕目が開くまで短い中休みになる。

まかないを食べたおけいとおてるは、繁華な両国橋の西詰へ泊まり客の呼び込みに行く。

のどか屋の旅籠には、六つの泊まり部屋がある。すべて長逗留《ながとうりゅう》で埋まることはないから、呼び込みは欠かせない。

「お願いね」

おちよが二人を送り出した。

「行ってらっしゃい」

若おかみのおようも和す。

「はい、行ってきます」

「行ってきます」

おけいとおてるが出ていった。

短い中休みのあいだに、おちよは座敷で横になってうたた寝をする。

すると、待ちかねたように猫が上に乗ってふみふみを始める。

今日の猫は白黒の鉢割れ猫のたびだ。

もう一匹、少し迷ってから目の青い白猫が乗った。

いちばん新参の雪《ゆき》之丞《のじょう》だ。

母猫のこゆきが初めて産んだ子で、この猫だけのどか屋に残した。のどか屋の猫は福猫だというもっぱらの評判だから、里子は引く手あまただ。

二匹の猫の背中をおちよがなでる。たびと雪之丞が競うようにのどを鳴らす。

いくらか離れたところでは、老猫の二代目のどかがのんびりと寝ていた。いまはお地蔵様になっている初代のどかと同じ茶白の縞《しま》猫で、これまでいくたびもお産をしてきた。

今日はいい日和《ひより》だ。表に出された酒樽の上では、こゆきが気持ちよさそうに寝ている。二代目のどかの子だが、尻尾にだけ縞模様がある目の青い白猫だ。のどか屋の守り神としてみなにかわいがられて大往生を遂げたゆきにそっくりだから、生まれ変わりではないかと言われている。

このほかに、母猫の二代目のどかと同じ柄《がら》のふくとろくの兄弟がいる。近所にも猫は多いから、どこぞで遊んでいるのだろう。

総勢、六匹。

のどか屋は一に小料理屋、二に旅籠、その次は猫屋だと戯《ざ》れ言《ごと》交じりに言われることがあるが、さもありなんという景色だ。

「支度はできた？　遅れないようにね」

おようの声が響いた。

「うん」

万吉《まんきち》が答える。

「気張って学んでこい」

厨で仕込みをしながら、千吉が言った。

「はい」

万吉は殊勝《しゅしょう》な返事をした。

のどか屋の三代目は六つになる。そろそろ頃合いだから寺子屋に通いだした。

師匠は父の千吉の恩師でもある春田東明《はるたとうめい》だ。洋学にも明るい碩学《せきがく》だから、これ以上の師はない。

ややあって、仕度が整った。

「なら、気をつけて」

おようが見送りに出た。

万吉の妹のおひなもついてきた。

こちらはまだ四つだから、寺子屋には早い。

「おひなも、もう少し大きくなったら一緒に通えるからな」

千吉が言った。

「はあい」

四つの娘は花のような笑顔になった。

三

二幕目になった。

まず顔を見せたのは、家主の信兵衛《しんべえ》だった。のどか屋のほかに、同じ通りの大松屋《おおまつや》、少し離れた巴屋《ともえや》、浅草に近い善屋《ぜんや》といった旅籠に、千吉の家族も暮らす長屋をいくつか持っている。困っている者からは無理に家賃を取り立てない人情家主だ。

岩本町《いわもとちょう》の御神酒徳利《おみきどっくり》も来た。湯屋のあるじの寅次《とらじ》と野菜の棒手振《ぼてふ》りの富八《とみはち》だ。いつも一緒に動いているから御神酒徳利と言われている。

「まだまだ暑いね、二代目」

湯屋のあるじが声をかけた。

「今日の中食は暑気払いの素麺を出しました。まだできますよ」

千吉が水を向けた。

「そうかい、なら、もらうかな」

寅次がすぐさま答えた。

「おいらの野菜はどうだったい」

富八がたずねた。

「茄子天は大好評で」

千吉が笑顔で答えた。

「そりゃよかった。秋になったら、茄子はますますうまくなるからな」

と、富八。

「でも、今年は上方《かみがた》へ行くので」

千吉が答えた。

のどか屋と縁が深い大和梨川藩主の筒堂《つつどう》出羽守《でわのかみ》良友《よしとも》は参勤交代で、今秋、国元へ帰ることになっている。千吉はわけあってそれに同行することに決まっていた。

「京野菜《きょう》とかもうめえからよ」

富八が笑みを浮かべた。

「できれば種や苗を持ち帰っておいでと言ってあります」

おちよが言った。

「砂村《すなむら》の義助《ぎすけ》さんなら育ててくださると思うので」

時吉も厨から言った。

「そりゃ楽しみで」

野菜の棒手振りが両手を軽く打ち合わせた。

ここで素麺ができた。

「おっ、来た来た」

湯屋のあるじがさっそく受け取って箸を伸ばす。

たぐって、一気に啜《すす》る。

「いい音ですね」

千吉が笑顔で言った。

「うめえ、のひと言」

寅次が破顔一笑《はがんいっしょう》した。

四

二幕目が進んだ。

座敷に三人の常連が陣取った。

狂歌師の目出鯛三《めでたいぞう》、小伝馬町《こでんまちょう》の書肆《しょし》灯屋《あかりや》のあるじの幸右衛門《こうえもん》、それに絵師の吉市《よしいち》だ。

「ちょうど鯛《たい》の昆布《こぶ》締《じ》めが頃合いで」

　時吉が言った。

「いいですね。頂戴しましょう」

　多芸多才の狂歌師が笑みを浮かべた。

　着物にも帯にも紅い鯛が散らされている。目がちかちかするようないでたちだ。

「元の紙はそれなりにたまってきました」

　千吉が告げた。

「それはそれは、ありがたいかぎりで」

　幸右衛門が両手を合わせるしぐさをした。

「では、できた分だけいただいてまいりましょう」

　目出鯛三が大ぶりの巾着を手で示した。

「承知しました」

　千吉は笑顔で答えた。

　のどか屋の二代目が料理のつくり方の勘どころなどをしたためた「元の紙」をつくり、それに基づいて目出鯛三が一書に仕上げる。

　こうして世に出した『料理春秋《りょうりしゅんじゅう》』は好評を博し、二冊目の『続《ぞく》料理春秋』ともども、千部の大当たりとなった。当時の千部はいまならベストセラーで、一族郎党《いちぞくろうとう》を集めて千部振舞《ぶるまい》をするのが習いとなっていた。祝いの宴はもちろんのどか屋で行われた。

正篇の『料理春秋』では、季節ごとのおもだった料理を紹介した。続篇の『続料理春秋』では、趣向を変えて、煮る、焼く、揚げる、蒸すという調理法にしたがった分け方を採用した。

余勢を駆ってもう一冊、『続々《ぞくぞく》料理春秋』では、季節ごとの膳立てを紹介することになった。いままでは単品の料理だったが、今度は膳だ。これなら、正月や節句の料理、さらに、季節の行楽弁当などにも紙幅《しふく》を費やすことができる。

その元の紙が、また千吉から目出鯛三に渡ることになった。

「早指南本のほうも、年内に次々に出せそうなので」

灯屋のあるじが満足げに言った。

「それはそれは、何よりで」

おちよが酒をつぐ。

肴《さかな》は鯛の昆布締めに、穴子《あなご》の蒲焼《かばや》き。

あとで天麩羅もとりどりに揚げる。

「次に出るのは何でしょう」

吉市がたずねた。

どの書にもおのれが描いた絵が入っている。

「春宵《しゅんしょう》先生の『浅草早指南』ですね。これは素晴らしい出来なので」

幸右衛門が答えた。

元人情本作者の吉岡《よしおか》春宵は、紆余曲折《うよきょくせつ》を経て、いまはおようの義父に当たるつまみかんざしづくりの親方の大三郎《だいざぶろう》のもとで修業を積んでいる。そちらもうひとかどの腕だ。

「やつがれの『千住《せんじゅ》早指南』もようやく脱稿したので」

目出鯛三がほっとしたように言った。

江戸の繁華な場所や四宿《ししゅく》のおもだった見世《みせ》や見どころなどを手際よく伝える「早指南」本は、書肆灯屋の大きな売り物だ。

「春水《しゅんすい》先生も『板橋《いたばし》早指南』を気を入れて書いてくださっているので」

幸右衛門が言った。

『春色梅児誉美《しゅんしょくうめごよみ》』の為永《ためなが》春水亡きあと、二代目として名を襲った人情本作者も早指南本を手がけている。

「では、そのうち絵を描きにいかないと」

吉市が乗り気で言った。

「それはぜひお願いします」

灯屋のあるじはそう言うと、鯛の昆布《こんぶ》締めに箸を伸ばした。

切り身をそのまま昆布ではさむのではなく、塩を振って酢洗いをしてから締めるのが骨法《こつぽう》だ。こうすると「味の道」ができ、昆布のうま味がすっと通る。

「うん、うまい」

幸右衛門は食すなりうなずいた。

「二代目は『諸国《しよこく》料理春秋』もあるから大変ですな」

目出鯛三もそう言って昆布締めに箸を伸ばした。

「名はまだそれに決まったわけじゃないんですが、気張ってやります」

千吉が厨から言った。

「早指南本のほうに繰り入れるかもしれないので。『上方料理早指南』や『東海道《とうかいどう》料理早指南』など」

灯屋のあるじが言った。

「何にせよ、秋の旅で仕込みだな」

時吉が言った。

「はい、ここが山場で」

千吉が引き締まった表情で答えた。

五

翌日の二幕目――。

のどか屋の一枚板の席には、黒四組《くろよんぐみ》の二人が陣取っていた。

かしらの安東満三郎《あんどうみつさぶろう》と江戸を縄張りとする万年平之助《まんねんへいのすけ》同心だ。

将軍の荷物や履物などを運ぶ黒鍬《くろくわ》の者には三組あることが知られている。しかしながら、正史には記されていない四番目の組もひそかに設けられていた。それが約《つづ》めて黒四組だ。

黒四組のつとめは悪党退治の影御用だ。悪党はだんだん悪知恵が働くようになり、なかには日の本《ひのもと》じゅうを股にかけて跳梁《ちょうりょう》する連中も出るようになってきた。

そこで、区々たる縄張りにとらわれない少数精鋭の黒四組の出番だ。

いざ捕り物になれば、町方や火付盗賊改方《ひつけとうぞくあらためかた》や代官所などの加勢をもらうが、かぎられた頭数《あたまかず》で人知れず世の安寧《あんねい》を護っている。

「大和梨川のあとは上方だな?」

黒四組のかしらがそう言って、あんみつ煮を口に運んだ。

油揚げの甘煮だ。

安東満三郎の顔を見ると、千吉はすぐこの料理の支度に入る。油揚げを切って砂糖と醤油で煮るだけだから、いたって簡便だ。

「はい。まず大坂《おおさか》へ行って、それから京へ行くつもりです」

手を動かしながら、千吉は答えた。

「向こうで料理のつくり方を仕込んで、うめえもんを食わせてくれ」

万年同心が笑みを浮かべた。

「分かったよ、平ちゃん」

千吉が気安く言った。

わらべのころから仲が良く、いまだに「平ちゃん」「千坊」と呼び合う仲だ。

「うん、甘《あめ》え」

おのれの名がついたあんみつ煮を食した黒四組のかしらの口から、お得意の台詞《せりふ》が飛び出した。影御用の安東満三郎だから、「あんみつ隠密」と呼ばれている。

この御仁《ごじん》、よほど変わった舌の持ち主で、とにかく甘いものに目がない。甘いものさえあればいくらでも酒が呑めると豪語する者は、江戸広しといえども安東満三郎くらいだろう。

「今日のところは、これで」

千吉はそう言って肴を出した。

「おっ、揚げ茄子だな」

万年同心が皿を受け取った。

細かい切り込みを入れ、ふっくらと揚げた茄子に天盛りのおろし生姜を添える。醬油は別皿にしてすすめれば、小粋な揚げ茄子の生姜醬油の出来上がりだ。

「うまそうだな。おれにもくれ。生姜抜きで、醬油の代わりに味醂《みりん》で」

あんみつ隠密がそう言ったから、万年同心がうへえという顔つきになった。

「承知で」

千吉の手がさっそく動いた。

ほどなく、黒四組のかしらにも揚げ茄子が出た。

味醂にどばっとつけて口に運ぶ。

「上方へ行ったら、また勘ばたらきで頼むぜ」

安東満三郎が神棚をちらりと指さして言った。

そこには十手《じって》が飾られていた。初代のどかから続く猫の毛色にちなんだ茶白の房飾りがついている。もとは剣術の達人でいくたびも立ち回りで手柄を挙げてきた時吉と、母のおちよ譲りの勘ばたらきで悪党を捕縛に導いてきた千吉に託された「親子の十手」だ。

「まあ、もし気づいたら」

ややあいまいな顔つきで、千吉が答えた。

「料理の修業に行くんだからよ。ついででいいぜ、千坊」

万年同心が笑みを浮かべた。

「分かったよ、平ちゃん」

のどか屋の二代目が笑みを返した。

六

「ああ、軽くなったよ。ありがたいね」

隠居の大橋《おおはし》季川《きせん》が言った。

「どうぞ、身を起こしてくださいまし」

按摩の良庵《りょうあん》の女房のおかねが手を伸ばした。

「ああ、すまないね」

隠居が身を起こした。

「これでしばらく大丈夫でしょう」

良庵が笑みを浮かべた。

「ありがたいかぎりだよ」

季川が一つうなずいた。

のどか屋が神田三河町《かんだみかわちょう》にあったころからの常連中の常連だ。

若いころは俳諧師として鳴らし、津々浦々を旅して廻っていた。鍛えが入っているおかげで齢《よわい》を重ねても血色はいいが、足腰は以前より弱ってしまったから療治は欠かせない。

腕のいい按摩は引く手あまただ。隠居の療治を終えた良庵とおかねは次の得意先に向かった。

「今日は揚げ茄子を二種で」

一枚板の席に陣取った隠居に向かって、千吉が言った。

「何でもいただくよ」

隠居の白い眉がやんわりと下がった。

ほどなく、肴が出た。

二種の揚げ茄子のうち、片方は万年同心にも出した生姜醤油だった。

もう片方は味噌《みそ》がらめだ。

赤味噌に味醂を加え、だし汁でのばしてよく練った田楽《でんがく》味噌を揚げ茄子にからめ、紅生姜の松葉切りを添える。

「どちらもうまいね」

二種の揚げ茄子を味わった隠居が笑みを浮かべた。

「茄子はこれからさらにおいしくなりますが」

と、千吉。

「旬《しゅん》の一歩手前のところの茄子を、料理の腕で引き上げているよ」

隠居がほめた。

「ありがたく存じます」

千吉は嬉しそうに頭を下げた。

「山の幸がおいしくなるころは、今年は上方ね」

おちよが言った。

「松茸や栗や柿も」

千吉がうなずく。

日の本のいづこなりとも秋の幸

隠居がやにわに発句《ほっく》を口にした。

「さあ、付けておくれ、おちよさん」

千吉がおどけて隠居の声色を使った。

「さあ、どうしましょう」

おちよがあごに指をやった。

江戸も京にも恵みの光

少し思案してから、おちよは付け句を発した。

「決まったね」

季川が破顔一笑した。

第二章　出立《しゅったつ》

一

「どうだ、仕度は整ったか」

お忍びの藩主がたずねた。

大和梨川藩主、筒堂出羽守良友だ。お忍びの際には筒井堂之進《つついどうのしん》と名乗る。

「はい。包丁も矢立《やたて》や帳面も嚢《ふくろ》に入れましたから」

千吉が答えた。

「あとは行くだけだな」

一枚板の席に陣取った藩主が言った。

勤番の武士の稲岡一太郎《いなおかいちたろう》が酒をつぐ。

「ええ。もう肚《はら》をくって行くしかないので」

千吉はやや緊張気味に答えた。

「馬には乗れぬだろうから、在所のほうをともに足で駆けるか」

筒井堂之進と名乗る男が腕を振るしぐさをした。

「殿と一緒にでございますか？」

千吉が驚いたように問うた。

「そうだ。民の暮らしを見分し、同じものを食しながら話を聞くのがいちばんの学びになる」

快男児が答えた。

「承知しました。気張ってやります」

千吉が白い歯を見せた。

「あっ、しもた。受けとくんやった」

座敷で兵頭三之助《ひょうどうさんのすけ》が声をあげた。

のどか屋の手伝いをしていたおときと、その連れ合いで将棋家の血筋を引く若き棋士の大橋宗直《そうちょく》による指導将棋が行われている。おときは兵頭、宗直は腕に覚えのある武家と商家の隠居の二面指しだ。

毎月、十五日と晦日《みそか》だけだが、二人による将棋指南がのどか屋の二幕目に行われている。甘辛両方のおやきを味わいながら将棋の指導が受けられるとあって、ときには待ちが出るほどの人気ぶりだった。

「しばらく指せないから気張っておけ」

お忍びの藩主が声をかけた。

今日は八月の晦日。出立《しゅったつ》は九月九日だから、あと少しだ。

「はい。もうちょっと粘らんと」

兵頭三之助が座り直した。

「豆腐飯のつくり方の紙は、もう用意してあります。大和梨川の人たちに教えようと思って」

千吉がお忍びの藩主に言った。

「それはありがたい。おれも前にいくたりかに教えたが、料理人が教えるのがいちばんだ」

筒堂出羽守はそう言うと、猪口《ちょく》の酒をくいと呑み干した。

「楽しみにしております」

のどか屋の二代目が白い歯を見せた。

二

出立の日の九月九日は重陽《ちょうよう》の節句だ。験《げん》のいい日ということで、この日が選ばれた。

その前々日の七日——。

のどか屋の前にこんな貼り紙が出た。

二代目千吉　九日より上方へ修業です
のどか屋のくりやはあるじがつとめます
けふは親子がかり
やきめし　てんぷら　けんちん汁
小ばちつき
四十食かぎり四十文
　　　　　のどか屋

「おっ、修業に行くのかい」

「どこの料理屋だい」

そろいの半纏の左官衆がたずねた。

「厨へ修業に入るんじゃなくて、ほうぼうで舌だめしをして、帳面に書いてくるつもりです」

千吉は筆を動かすしぐさをした。

「そうかい。また本になるぜ」

「千部振舞で万々歳だ」

「上方っていうと、京かい、大坂かい」

左官衆の一人が問うた。

「わたしの故郷の大和梨川で」

焼き飯の鍋を振りながら、時吉が答えた。

「参勤交代についていかせてもらうことになったんで」

千吉はそう言うと、鱚天の油をしゃっと切った。

「そりゃ、ほまれだな」

「気張ってやんな」

「ますます腕が上がるぜ」

客が口々に励ました。

天麩羅は鱚と海老とかき揚げ。

具だくさんの焼き飯とけんちん汁。

小鉢は茄子の揚げ浸し。

にぎやかな親子がかりの中食の膳は、好評のうちに売り切れた。

三

早くも前日になった。

当日は朝早くに大和梨川藩の上屋敷に向かうため、千吉が豆腐飯の朝膳を供するのはしばらく休みになる。

「そうか。明日の朝はもう出発だね」

隠居の季川が温顔で言った。

昨日は療治の日で一階の部屋に泊まっている。

「ええ。次に豆腐飯をつくるのは大和梨川で」

厨で手を動かしながら千吉が答えた。

「うめえもんを食わしてやんな」

「日の本じゅうで豆腐飯だ」

なじみの大工衆が言った。

今日もこれから普請場でひと気張りだ。

「あまり初めから無理をしないようにね」

隠居が言った。

「はい、ありがたく存じます」

千吉は頭を下げた。

朝膳が終わり、仕込みを経て中食になった。明日からは時吉がのどか屋に詰めることになっているが、今日は引き継ぎと申し送りがあるから浅草の長吉屋だ。向こうは政吉《まさきち》という頼りになる男が花板をつとめる。

中食の顔は、今年初めての秋刀魚《さんま》だった。

蒲焼きやみぞれ煮などもいいが、まずは塩焼きにした。これに、茄子と甘藷《かんしょ》の天麩羅、具だくさんのけんちん汁と小鉢がつく。膳からはみ出そうになるほどにぎやかな中食だ。

「これから秋刀魚がうまくなるな」

「上方でも食えるのかい」

なじみの職人衆の一人が問うた。

「明日から向かう大和梨川は、四方を山に囲まれた盆地なので」

千吉が答えた。

「そりゃ秋刀魚は無理だな」

「運んでるあいだに傷《いた》んじまう」

職人衆が言う。

「鯛は本物じゃなくて、もっぱら押し物の菓子だそうです」

千吉が笑って言った。

「そいつはちいと寂しいな」

「その代わり、山のものがうめえだろう」

「松茸とかよう」

客が口々に言った。

「ええ、楽しみにしてます」

のどか屋の二代目がいい顔つきで答えた。

四

二幕目が進んだ。

元締めの信兵衛と大松屋の升造《ますぞう》は餞別《せんべつ》を渡してくれた。灯屋の幸右衛門もあきないの途中で立ち寄り、舌だめしの足しにと心づけをくれた。

さらに、春田東明ものれんをくぐってくれた。

「いよいよ明日からですね、千吉さん」

恩師が相変わらずていねいな言葉遣いで言った。

「ええ。いつもの心持ちで、しっかり気張ってきます」

千吉が答えた。

「平常心ですね。それが何よりです」

総髪の学者がうなずいた。

ここで揚げ出し豆腐ができた。

「お待たせしました」

運んできたのは、千吉ではなく三代目の万吉だった。

隣には妹のおひなもいる。

このところは、進んで見世の手伝いをするようになった。

「えらいね。よくできたね」

春田東明が顔をほころばせて料理を受け取った。

「おひなはまだ危ないので、見ているだけで」

おようが言った。

「来年になったら、少しずつお運びの稽古もと」

千吉が笑みを浮かべた。

「では、来年からは一緒に寺子屋にいかがでしょう」

師匠が水を向けた。

「それは話をしていたんです」

千吉が答えた。

「兄ちゃんと一緒に寺子屋へ行く?」

おようがおひなに訊いた。

「うんっ」

おひなが元気よく答えたから、のどか屋に和気が満ちた。

「なら、年明けから一緒に寺子屋ということで」

と、千吉。

「どうぞよろしゅうお願いいたします、先生」

おようが頭を下げた。

「こちらこそ」

折り目正しく答えると、春田東明は揚げ出し豆腐に箸を伸ばした。

じっくりと味わう。

「うん、これは山里でも喜ばれるでしょう」

碩学の師匠が太鼓判を捺した。

「地《じ》の素材を使って、いろいろつくりたいです」

千吉が笑みを浮かべた。

「江戸へ帰ってきたら、料理の幅がさらに広がることでしょう」

春田東明がそう言って、また揚げ出し豆腐を胃の腑に落とした。

五

その日が来た。

千吉は長屋で家族と別れると、大きな嚢を背負って早朝ののどか屋に姿を現わした。

豆腐飯の仕込みがあるから、時吉とおちよは起きている。

「忘れ物はない？」

おちよが問うた。

「ああ、大丈夫だよ。包丁もちゃんと研いで入れてきたから」

千吉は笑顔で答えた。

「命のたれは持っていくか？」

厨で手を動かしながら、時吉が訊いた。

「腕くらべじゃないからどうしよう」

千吉は首をかしげた。

「少しでいいから持っていきなさい。ここぞというときにだけ使えばいいから」

おちよが言った。

「そうだね。なら、小さめの瓶で」

千吉は答えた。

「なら、ここぞというときに使え」

時吉が言った。

「そうします、師匠」

千吉は支度を始めた。

命のたれを瓶についでいると、何かを察したのか、猫たちがわらわらと集まってきた。

「みんな、いい子にしてるんだぞ」

千吉は笑顔で言った。

「みゃあ」

いちばん年かさの二代目のどかが答える。

「帰ってきたら、もう一匹増えてるから」

おちよがそう言って、目の青い白猫を指さした。

こゆきだ。

今年は春ではなく、秋にお産をするようだ。

「気張るんだよ」

千吉がしゃがんで手を差し出した。

分かったにゃ、とばかりに、こゆきがその手をぺろっとなめた。

六

支度は整った。

いくらか重くなった嚢を背負って、千吉は大和梨川藩の上屋敷に向かった。

出立の朝だ。遠くからでも気配が伝わってきた。

千吉は道中および国元での「料理指南役」として参勤交代の列に加わることになっている。その旨を伝えると、あらかじめ話が伝わっていたらしく、滞りなく庭へ案内された。

ほどなく、見知った顔が現れた。

「おお、ご苦労はん」

髷《まげ》が白くなった男が右手を挙げた。

江戸詰家老の原川新五郎《はらかわしんごろう》だ。

「お世話になります」

千吉が頭を下げた。

「なに、こっちは見送りだけや」

のどか屋とは昔からの縁の江戸詰家老が笑みを浮かべた。

そこへ勤番の武士たちが姿を現わした。

稲岡一太郎と兵頭三之助だ。

「滑り出しは上々の天気で」

二刀流の剣士が空を指さした。

「これから長旅や。ぼちぼちいこか」

将棋の名手がのどか屋の二代目に声をかけた。

「東海道の宿場でおいしいものをいただきながら行きましょう」

千吉が笑みを浮かべた。

「代わりに食うてきてや」

原川新五郎が言った。

「それが楽しみで」

千吉が白い歯を見せた。

「おっ、殿のお出ましや」

江戸詰家老が指さした。

むろん、いつもの着流しではない。参勤交代に臨む藩主のいかめしいいでたちで、筒堂出羽守良友が姿を現わした。

「朝早くから大儀である」

口調も藩主のものだ。

「これから大和梨川まで長旅になるが、おのおの力を合わせ、わが藩の品位を落とすことなく、粛々《しゆくしゆく》と行路を進めていくべし。夜はよく眠り、身の養いになるものを食せ」

藩主はそう訓示した。

庭の端のほうで、千吉も直立不動で聞いていた。

「しばらく江戸は留守にするが、家老の原川新五郎を守り立て、つつがなく暮らせ」

筒堂出羽守は留守を預る者たちに言った。

「お任せあれ」

江戸詰家老が頭を下げた。

「では、おのおの持ち場に着き、出立の合図を待て。以上」

よく通る声が響いた。

料理指南役ということで、千吉は重い荷を運ぶことを免じられた。

「一緒でええらしいで。こっちへ来てや」

兵頭三之助が手招きした。

「さようですか。それは助かります」

千吉が動く。

見知り越しの者と一緒ならば話もできる。

ほどなく、藩主がまた姿を現わした。

「お、一緒に行くか」

勤番の武士たちと千吉に言う。

「はい。のどか屋の二代目には御役もついていますので」

稲岡一太郎が答えた。

「道々、しゃべりながら行きますわ」

兵頭三之助も言う。

「おれも加わりたいところだがな。大名駕籠はどうも退屈でいかん」

藩主があいまいな顔つきで言った。

「殿は馬か徒歩《かち》がお好きですので」

二刀流の剣士が白い歯を見せた。

「ここは辛抱で」

将棋の名手が和す。

「やむをえぬな。では、道中楽しみながら行け、のどか屋」

最後に藩主は千吉に言った。

「承知しました」

千吉は小気味よく頭を下げた。


出立！


ややあって、声が響いた。

千吉の長い旅が始まった。

第三章　東海道うまいものづくし

一

参勤交代の旅は粛々と続いた。

六郷《ろくごう》の渡しを越え、川崎《かわさき》宿から神奈川《かながわ》宿を越えて保土ヶ谷《ほどがや》宿に至る。

一行は難所の権太坂《ごんたざか》を上りきったところでひと息ついた。ちょうど武州《ぶしゅう》と相州《そうしゅう》の国境《くにざかい》だ。

ここには茶見世が並んでいる。ちょうどいい日和で、海も富士《ふじ》のお山もくっきりと見えた。

「ここは名物が牡丹餅《ぼたもち》や」

千吉と一緒に歩みを進めていた兵頭三之助が行く手を指さした。

茶見世の紅い幟《のぼり》が風にはためいている。

「ここで休んでいく手はずで」

稲岡一太郎が言った。

「それは助かります。坂が難儀だったので」

千吉がほっとしたように言った。

いくつかの茶見世に分かれて、茶と牡丹餅を味わった。坂で気張った身には、甘いものが何よりだ。

富士のお山をながめながら牡丹餅を味わっていると、藩主が姿を現わした。

「駕籠は窮屈でいかんな」

筒堂出羽守があいまいな顔つきで言った。

「本陣に着くまでの辛抱でございます」

稲岡一太郎が笑みを浮かべた。

「一つずつ宿場を越えていけば、国元へ着きますさかいに」

兵頭三之助も和す。

「まだまだ先が長いぞ」

と、藩主。

「景色も楽しみながらまいりましょう」

千吉はそう言って、残りの牡丹餅を胃の腑に落とした。

ここで藩主の分の牡丹餅も来た。

「そうだな。まずは富士のお山をながめながらだ」

大和梨川藩主は牡丹餅に手を伸ばした。

「うむ、絶景なり」

富士をながめてから、名物の牡丹餅を口中に投じ入れる。

「美味なり」

筒堂出羽守はいい声を発した。

二

東海道にはいくつもの難所がある。

一つ一つ、慎重に越えていかなければ大和梨川にはたどり着けない。

天下の難所の箱根《はこね》越えに備えて、二日目は小田原《おだわら》宿で泊まった。手前にこれまた難所の酒匂《さかわ》の渡しがあったから、ほっとひと息だ。

海に近い宿場だから、魚がうまい。料理指南役の千吉はさっそく旅籠の厨に入り、熟練の料理人から指南を受けた。

ためになったのは蒲鉾《かまぼこ》のつくり方だった。その旅籠は取り寄せではなく、一から蒲鉾をつくっていた。

実直な職人は、懇切丁寧に蒲鉾づくりを教えてくれた。これはまたとない機だ。

すでにできている蒲鉾を仕入れ、焼き飯の具などに使うことは多い。さりながら、蒲鉾そのものを料理の顔にすることはなかった。

「蒲鉾は酢飯と合わせたり、天麩羅にしたりしてもうめえんで」

職人はそう教えてくれた。

「江戸へ帰ったら、さっそく試してみます」

千吉は笑顔で答えた。

小田原宿で英気を養った一行は、いよいよ箱根の山上りに臨んだ。

いきなり関所まで上るのは難儀ゆえ、湯本《ゆもと》の先の茶屋で休んだ。ここは甘酒《あまざけ》が名物だ。

「ほっとする味やな」

兵頭三之助が言った。

「米麹《こめこうじ》と米だけでつくった甘酒ですので」

茶屋のおかみが得意げに言った。

「うまいね」

稲岡一太郎が笑みを浮かべた。

「酒粕《さけかす》と砂糖でつくる甘酒もうまいけど、こっちのほうがほっとするかも」

賞味した千吉が言った。

ひと息入れた一行は、また箱根の上りに向かった。

天下の険《けん》だけあって、難儀な道のりだったが、どうにか関所にたどり着き、滞りなく越えることができた。

参勤交代の一行は、ここでまたしばし休んだ。

「関所を越えて見る霊峰富士はまた格別だな」

大和梨川藩主が目を細めた。

「心が洗われるかのようです」

稲岡一太郎が瞬きをした。

「帰りも無事にこのお姿を見たいものです」

千吉が言った。

「それはまだ早いぞ、二代目」

藩主がそう言ったから、場に和気が漂った。

三

箱根の関所を越えた一行は、三島《みしま》宿に泊まった。

四日目の九月十二日は、まず三嶋大社に詣《もう》でた。

源 頼朝《みなもとのよりとも》の旗揚げの地ゆえ、武家の尊崇《そんすう》の篤い伊豆国《いずのくに》の一宮だ。

さらに東海道を進み、由比《ゆい》宿で一泊した。この先には難所の薩埵《さった》峠がある。

海がすぐそこの宿場だから、魚がうまい。刺身もいいが、具だくさんの潮汁《うしおじる》を堪《たん》能《のう》した。

それればかりではない。甘いものも出た。

玉子餅《たまごもち》だ。

玉子が練りこまれているわけではなく、そのかたちをしている。うるち米を用いた餅で、十返舎一九《じっぺんしゃいっく》の『東海道中膝栗毛』には「さとう餅」という名で登場する。

「茶見世でも売られていたけど、寄るいとまがなかったのでありがたいです」

旅籠の給仕の女に向かって、千吉が言った。

「餡がたっぷり入ってますんで」

宿の女が笑みを浮かべた。

「これはわらべが喜びますね。うちでも出したいです」

のどか屋の二代目が笑みを返した。

五日目は藤枝《ふじえだ》宿までだ。

途中の丸子《まりこ》宿で休むことになった。

東海道でいちばん小さい宿場だが、名物料理がある。

とろろ飯だ。

一行はいくつかの旅籠や見世に分かれて舌鼓を打った。

「これはうまいし精もつくな」

兵頭三之助が相好《そうごう》を崩した。

「味噌汁でとろろ芋をのばす塩梅《あんばい》がまた絶妙で」

千吉がうなった。

「おう、食ってるか」

顔を見せた藩主が声をかけた。

駕籠から降りたときは、なるたけ身を動かして、ほうぼうを見回っている。

「ええ。これも口福《こうふく》の味で」

千吉が笑顔で答えた。

「東海道のうまいものづくしは、まだまだ続くぞ」

大和梨川藩主が白い歯を見せた。

四

藤枝宿の旅籠では染飯《そめいい》が出た。

瀬戸《せと》の染飯と言われ、瀬戸町の茶見世の名物だが、あるじがそこの出で旅籠でもふるまわれていた。

「小判みたいですね」

千吉が宿のおかみに言った。

「梔子《くちなし》の実で色をつけてるずら」

おかみが笑顔で答えた。

もち米を蒸した強飯《こわいい》を梔子の実で染める。これをすりつぶし、薄くのばして小判の形にする。そのままでも食せるが、干せば日保ちもする。

「足腰の疲れを取ると聞きました」

と、千吉。

「そうずら。この強飯を食べたら、あっという間に京まで」

おかみは妙な身ぶりをまじえた。

島田《しまだ》宿の先には難所の大井川《おおいがわ》がある。川の水かさが増したら足止めを食ってしまうから旅程が変わる。その分経費《かかり》が増えるから気をもんだが、幸いにも滞りなく渡ることができた。

六日目の十四日は袋井《ふくろい》宿まで行けた。

ここには名物料理がある。玉子ふわふわだ。

土鍋にだしを張って火にかける。上等の鰹節《かつおぶし》と昆布を使ったうまいだしだ。

沸いたところで、よくかきまぜた溶き玉子を入れて蒸らす。

こうすれば、淡雪《あわゆき》のごとくにふわりとしたひと品ができあがる。

「こら、うまいな」

兵頭三之助が味わうなり言った。

「うちでも前につくったことがあるんですが、そのうちまた」

千吉がうなずいた。

「それはぜひ。のどか屋でも食べてみたい」

稲岡一太郎が言った。

「承知しました」

千吉が白い歯を見せた。

翌日の朝餉にも玉子ふわふわが出た。

これに刺身と味噌汁などがつく。朝からほっこりとする膳だ。

袋井を出ると、今度は天竜川《てんりゅうがわ》を渡る。

七日目は袋井宿から二川《ふたがわ》宿まで、かなりの長丁場になったが、参勤交代の一行は滞りなく到着した。

五

八日目は池鯉鮒《ちりゅう》宿（現在の愛知《あいち》県知立《ちりゅう》市）に泊まった。

翌日の早めの中食は芋川《いもかわ》で名物のうどんを食した。平打ちのうどんで、これも『東海道中膝栗毛』に登場する。いまのきしめんの祖とも言われているうどんだ。

三河《みかわ》に入ったから、味つけは特産の味噌仕立てだ。こくのあるつゆと麺がよく響き合っている。

「うちでもたまに出しますけど、本場はうまいですね」

舌だめしをした千吉が言った。

「三河の味噌はうまいな」

一緒に味わいながら、藩主が言った。

おとなしく駕籠に揺られているのを退屈がる性分だから、降りて早足で歩くことが多い。そのあとをあわてて駕籠が追いかけたりしている。おかげで、旅程は当初の絵図面より短くなった。

「こら、こくがありますな、殿」

兵頭三之助が笑みを浮かべた。

「麺もこしがあります」

稲岡一太郎も和す。

「脇役の油揚げと葱と蒲鉾もいいつとめで」

千吉が言った。

「行く先々で学べ」

快男児が言った。

「はいっ」

のどか屋の二代目がいい声で答えた。

東海道の次なる難所が待ち受けていた。

宮《みや》の渡しだ。

その長さから、七里《しちり》の渡しとも呼ばれる。

海が荒れているときは船を出せないため、陸路を迂回せざるをえない。そのための脇往還《わきおうかん》も整備されていた。

干満《かんまん》の差によって、航跡は変わってくるが、宮の渡しはおおむね二刻《ふたとき》あまりかかる。あまり遅く出ると、暮れてしまうかもしれない。

海の貌《かお》は刻々と変わる。

船出したときには穏やかでも、だんだん荒れてうねりが激しくなったりすることもある。流れが変わり、容易に岸が近づかない場合もある。宮の渡しでは、これまでにいくたびも海難事故が起きていた。

そこで、渡しの手前の宮宿で一泊することにした。

旅籠で鋭気を養った大和梨川藩の一行は、翌朝早く宮の渡しに臨んだ。

六

幸いにも海は穏やかだった。

一行は滞りなく渡しを終え、桑名《くわな》に着いた。

その手は食わなの焼き蛤《はまぐり》

地口《じぐち》にもなっているとおり、名産は蛤だ。

大ぶりで八の字が浮かぶ蛤は、将軍家への献上品にもなっていた。木曾三川《きそさんせん》の淡水と伊勢《いせ》湾の海水、二つが混じり合う内海で育まれた蛤の身はふっくらとしている。

焼き蛤や蛤吸いもいいが、時雨《しぐれ》煮や雑炊《ぞうすい》などもうまい。茶碗蒸しや天麩羅も美味だ。

大和梨川藩の一行は、さっそく蛤づくしの中食の膳を味わった。

「この時雨煮でいくらでも飯が食えるな」

稲岡一太郎が笑みを浮かべた。

「ほんまや。ふっくらしててうまい」

兵頭三之助が満足げに言った。

「醬油と砂糖でちょうどいい塩梅の味つけになってますね。蛤の持つほのかな甘みと響き合っていて、実にうまいです」

千吉がうなずく。

「お味はいかがですか」

見世のおかみが出てきてたずねた。

「いや、こたえられん味で」

「さすがは名物」

勤番の武士たちが満足げに答えた。

「とてもおいしいです。この時雨煮のつくり方の勘どころはどこでしょう」

千吉が少し身を乗り出した。

「浮かし煮ですねん」

よくぞ訊いてくれましたという顔で、おかみは答えた。

「浮かし煮?」

千吉が問い返す。

「へえ。鍋の中でこうやって浮かしながら蛤を煮ていくと、味がようしみておいしなります」

おかみは身ぶりをまじえた。

「ああ、なるほど。分かりました」

千吉は笑顔で答えた。


同じころ――。

藩主は本陣にいた。泊まりではなく、中食だけ味わう。

供されたのは、特別な焼き方の焼き蛤だった。

街道の松から採った松ぼっくりに蛤を載せて焼くのだ。

蛤をまず直火《じかび》で焼いてから蒸し焼きにする。うま味と香りが逃げないように、貝の蝶番《ちょうつがい》を火で焼ききるのが勘どころだ。

「美味なり」

味わうなり、藩主は言った。

「ありがたき倖せに存じます」

正装のあるじが緊張の面持《おもも》ちで一礼した。

「松の香りも加わり、えも言われぬうまさだ。美味なり」

筒堂出羽守は重ねて言った。

そんな調子で、桑名で名物を味わった一行は、さらに歩を進めた。

東海道の残りはあと少しだ。

七

十日目の九月十八日は、気張って亀山《かめやま》宿まで歩いた。

明日、もうひと気張りして難所を越えれば、いよいよ大和梨川に到着する。

本陣の名物料理は鰻《うなぎ》だった。

「明日は峠越えだ。精をつけておけ」

藩主が言った。

「はっ」

稲岡一太郎が答えた。

「大和梨川じゃ鰻は食えまへんので」

兵頭三之助も笑みを浮かべた。

最後の泊まりということで、明日の旅程の確認も兼ねて勤番の武士たちも同席していた。成り行きで千吉も一緒だ。

「これなら負けてはいないかも」

のどか屋の二代目が言った。

「おれもそう思う。のどか屋の蒲焼きのほうがうまい」

筒堂出羽守が言った。

「たしかに、焼き加減ものどか屋のほうが上やな」

兵頭三之助が言った。

「ありがたく存じます」

千吉は頭を下げた。

「その腕を、わが領民にも披露してやってくれ」

藩主はそう言って、蒲焼きを口中に投じた。

「承知しました」

千吉は気の入った声で答えた。

翌朝の出立は早かった。

最後に難所の峠が待ち構えているが、ここを越えれば終わりだ。

幸い、雨は降っていなかった。

大和梨川藩の参勤交代の一行は、東海道に別れを告げて脇街道に入った。

第四章　田楽と丁稚羊羹《でっちようかん》

一

峠越えは厳しかった。

伊勢は光の国、大和梨川は陰の国と呼ばれる。

光あふれる国から大和梨川へ至るには、どうあっても難所の峠を越えねばならない。

その名を風花《かざはな》峠という。

風流な名だが、そのいわれは哀しい。

峠道が難儀なのは、その勾配《こうばい》の厳しさばかりではない。崖沿いの危うい道で、よく強い雨が降る。足を滑らせて谷底に墜ち、これまであまたの者が命を落としてきた。

そんな不慮の死を遂げた者たちのたましいが、風花となって舞うとまことしやかに伝えられている。

参勤交代の一行は、その風花峠で通り雨に見舞われた。

昼なお暗い、剣呑《けんのん》な道だ。

荷を背負った千吉は、一歩一歩、足もとをたしかめながら慎重に歩いた。

「着いたぞ」

前で声が響いた。

どうやら峠の上りはようやく終わりのようだ。

いくらか進むと、丈《たけ》高い杭が立っていた。ここから先は下りだ。

「下りのほうが危ないさかいに、気ィつけて歩きや」

兵頭三之助が言った。

「足もとが滑るから」

稲岡一太郎も和す。

「はい、気をつけます」

千吉は引き締まった顔つきで答えた。

参勤交代の列は粛々と進んだ。

うねうねとした下りが際限なく続く。気を抜けない道だが、幸い、雨は小降りになってきた。

足をひねらないように、千吉は慎重に歩いた。

千吉は生まれつき左足が曲がっていた。千住の名倉《なぐら》の若先生が編み出した療治道具のおかげでまっすぐになり、いまでは普通に走ることもできるが、険しい峠道には慣れていない。

上りは大儀だが、身の重さのかけ方はさほどむずかしくない。気張って歩いていれば、いつかは上り終える。

さりながら、下りは気張ると危ない。足が勝手に前へ進んだりしたら、もつれて倒れてしまいかねない。千吉は一歩ずつ学びながら歩いた。

そして……。

ようやく視野が開けた。

行く手に畑と杣家《そまや》が見える。

千吉はほっと一つ息をついた。

難儀な峠道だったが、終わりが見えた。

秘蔵《ひぞう》の国、大和梨川に着いたのだ。

二

大和梨川城の石垣は高い。

戦国の世に築城《ちくじょう》の名手が建てた城で、難攻不落《なんこうふらく》の天然の要害《ようがい》に建っている。

「終《しま》いがまた上りになるねん」

やや疲れた表情で兵頭三之助が言った。

「もうひと気張りだから」

稲岡一太郎が励ます。

「はい、気張って上ります」

千吉はそう答えて太腿をたたいた。

厳しい峠道の上り下りでもうぱんぱんに張っている。城への最後の上りはひときわ難儀だったが、どうにかたどり着いた。

参勤交代の旅は終わった。

筒堂出羽守良友は駕籠から降り、一同の前に立った。

「皆の者、江戸からの長旅、大儀であった」

藩主らしい威厳のある声で告げる。

城代家老を筆頭に、家臣たちもずらりと控えていた。

「向後《こうご》はおおよそ一年、国元にて世話になる。よろしゅう頼むぞ」

筒堂出羽守は疲れを見せぬ声で言った。

「はっ」

「心得ました」

留守を預っていた家臣たちが一礼した。

そのなかには、のどか屋になじみの顔もあった。

勘定奉行の国枝幸兵衛《くにえだこうべえ》は、勤番の武士として江戸詰家老の原川新五郎と組になって動いていた。のどか屋の古いなじみの客だ。

その隣には、分厚い眼鏡をかけた小柄な男が控えていた。囲碁の名手の寺前文次郎《てらまえぶんじろう》だ。こちらもかつての勤番の武士で、のどか屋に宿直《とのい》の弁当を頼みに来たりしていた。

いまは勘定奉行の懐刀《ふところがたな》だ。

「この城に入ると、先々代の藩主、筒堂若狭守良継《わかさのかみよしつぐ》公の言葉を思い出し、身の引き締まる心地がする」

大和梨川藩主は続けた。

「惜しくも若くして病で身罷《みまか》られた良継公は、こう申されたと伝えられている。『余が姿を見せることで領民が喜ぶのであれば、いずこなりとも顔を出そう。自ら鍬《くわ》を手に取り、土も耕そう。領民のだれ一人として飢えぬ国、小なりとも幸いの花が咲く国をともに目指そうではないか』と」

筒堂出羽守の声に力がこもった。

国枝幸兵衛が目元に指をやった。名君の誉れが高かった在りし日の良継公のことを思い出してしまったのだ。

千吉もうなずいた。

良継公のことは、父の時吉からよく聞かされていた。もともとは大和梨川藩士だった時吉は、料理人になってのどか屋を開いたあとに故郷へ赴き、病の床に臥す藩主のためになつかしい江戸料理をつくったことがある。

「おれも……いや、余も良継公の遺訓を守り、国元にいるあいだはなるたけ多くの領民に会い、交わりを深めようと思う。皆の者もそのつもりでよろしゅう頼む。以上だ」

「はっ」

筒堂出羽守は歯切れよく言った。

一同が答える。

千吉も肚から気の入った声を発した。

三

料理指南役の千吉は、城内の長屋に入った。

さっそく、翌日から厨仕事に精を出すことになった。

朝の膳は豆腐飯だ。のどか屋の名物料理は、すでに大和梨川に伝えられている。食されているのは城内ばかりではない。馬を駆って民と交わるのが好きな藩主が、つくり方を事あるごとに領民たちに伝授してきたから、このところは山家《やまが》でも豆腐飯が好まれているらしい。

厨には古参の料理人と若い見習いがいた。

気難しい者だったら難儀だなと思っていたが、幸い、どちらも気のいい男だった。

「ああ、味つけがちょっと濃いな」

豆腐飯の舌だめしをした古参の料理人が少し首をかしげた。

「濃すぎるでしょうか」

千吉が案じ顔で問うた。

江戸から運んできた醬油と味醂に、のどか屋の命のたれを加えてある。醬油は野田《のだ》の花実屋《はなみや》、味醂は流山《ながれやま》の秋元《あきもと》家、ともに古くからの常連だ。

「いや、殿が召し上がるんやさかいに、江戸風でええやろ」

古参の料理人は笑みを浮かべた。

見習いの若者は初めて豆腐飯を食すようだ。千吉はていねいに食べ方を教えた。

「ああ、まぜて食べたらうまい」

若者が表情を崩した。

「薬味をまぜたら、もっとおいしいよ。切り胡麻に海苔《のり》におろし山葵《わさび》に刻み葱」

千吉はどこか唄うように言った。

「そうしてみい、うまいで」

古参の料理人が言う。

「へえ」

若者はうなずくと、薬味に箸を伸ばした。

「あっ、ほんまや。味が変わった」

舌だめしをした若者の声が弾んだ。

「これがのどか屋名物の豆腐飯で」

二代目が自慢げに言った。

四

その日は初めて出前も行った。

行先は城下の道場、錬成館《れんせいかん》だ。

城の坂を下れば、藩士たちが腕を磨く道場に着く。

道場主は杉山勝之進《すぎやまかつのしん》。寺前文次郎とともにのどか屋常連の勤番の武士だった男だ。

千吉が江戸から来たことを知り、さっそく出前を注文してくれた。

料理は何でもいいということだったから、千吉は思案した。

うまくて、運びやすくて、精のつくものがいちばんいい。

とはいえ、なにぶん山国で、魚はあいにく使えなかった。その代わり、野菜はとりどりにそろっていた。城内に畑があり、さまざまな作物が穫れる。

思案の末、野菜をふんだんに使った天丼と具だくさんのけんちん汁を出すことにした。これなら倹飩箱《けんどんばこ》で運びやすい。

見習いの若者とともに、千吉は道場まで二度往復して運んだ。

「まだ帰りが軽いからいいな」

千吉が歩きながら言った。

「へえ。この坂は難儀で」

若者が答える。

「鍛錬にはよさそうだね」

と、千吉。

「みなでときどき走って鍛えてはりますわ」

若者が白い歯を見せた。

空《から》になった器は、藩士たちが運んでくれた。

「うまかったぞ」

杉山勝之進が顔を見せるなり言った。

「あっ、杉山さま、お久しぶりでございます」

厨で豆の仕込みをしていた千吉が頭を下げた。

「久しいな。江戸の味を堪能したぞ」

よく日焼けした精悍《せいかん》な男が白い歯を見せた。

「ありがたく存じます。茄子に甘藷にしし唐《とう》、城内で穫れた野菜を使わせていただきました」

千吉が笑みを浮かべた。

「どれも美味だった。けんちん汁もうまかった」

杉山勝之進は満足げに言った。

「こんなうまい汁は初めてで」

「豆腐と油揚げと蒟蒻《こんにゃく》も入っていたし」

ともに器を運んできた藩士たちが和した。

「また頼むぞ」

道場主が言った。

「はいっ」

千吉はいい声で答えた。

五

大和梨川に戻った筒堂出羽守は、参勤交代の疲れも見せず、翌日から馬を駆って領内を廻った。

ひとわたり廻り終えると、今度は徒歩にて城下を歩いた。着流しの武家、筒井堂之進だ。

お忍びの藩主の一行に、料理指南役の千吉も加わった。

二人の勤番の武士、稲岡一太郎と兵頭三之助も随行している。

「大和梨川は菓子屋が多い。老舗《しにせ》がいくつもある」

藩主が行く手ののれんを手で示した。

「風月堂《ふうげつどう》を筆頭に、桔梗屋《ききょうや》、紅梅屋《こうばいや》、とりどりにありますな」

兵頭三之助が言った。

「では、何か舌だめしを」

千吉が乗り気で言った。

「ならば、かた焼きがよろしいでしょう」

稲岡一太郎が笑みを浮かべた。

「そうだな。ぜひ食ってもらおう」

着流しの武家が言った。

「醬油が香ばしいかた焼きせんべいは好物です」

千吉が言う。

「大和梨川のかた焼きはひと味違うぞ。ふふ」

お忍びの藩主が含み笑いをした。

筒堂出羽守が妙な笑い方をしたわけはすぐ分かった。

茶も出る菓子屋でさっそく舌だめしをしてみたところ、大和梨川のかた焼きは岩のように硬かった。容易に割れないほどの硬さだ。

「こうやって二枚を打ちつけ、割ってから口中に投じ入れるんだ」

稲岡一太郎が手本を見せた。

「うっかりかんだら、歯のほうが折れるさかいに」

兵頭三之助が笑う。

「なるほど、尋常でない硬さで」

千吉がやや及び腰で言った。

しばらく口中に入れ、やわらかくなるのを待って、恐る恐るかむ。

「あっ、香ばしくておいしい」

千吉が声をあげた。

「うまいやろ？　よそにはない味や」

兵頭三之助が自慢げに言った。

「日保ちがするから、みやげにしてやれ」

藩主がそう言って、こりっとかた焼きをかんだ。

「はい、そうします」

千吉がすぐさま答えた。

こうして、初めてのみやげができた。

六

菓子屋の次は、飯屋に行った。

ここでは田楽が出た。

平串に刺した豆腐に田舎味噌を塗り、香ばしく焼きあげた料理だ。

「のどか屋でも食すが、国元の田楽もうまいな」

筒堂出羽守が笑みを浮かべた。

「ええ。ちょうどいい焼き加減です」

千吉がうなずく。

「この箸休めもうまい」

兵頭三之助がそう言って、漬け物に箸を伸ばした。

「これは赤蕪《あかかぶ》でしょうか」

千吉も続く。

「日野菜《ひのな》だ。江州《ごうしゅう》の日野が発祥の京野菜だな」

藩主が教えた。

「歯ごたえがよくて、さわやかです」

千吉はそう言って、日野菜漬けをかりっとかんだ。

「酒のつまみになるし、茶漬けにしてもうまいぞ。大和梨川の特産の一つだ」

着流しの武家が言った。

「水がうまいさかいに、ええもんができるねん」

兵頭三之助が千吉に言った。

「なるほど。水がおっかさんですね」

千吉が答える。

「水がよいゆえ、豆腐もうまい」

藩主がまた田楽を口中に投じ入れる。

「口福の味です」

稲岡一太郎も満足げに言った。

「次は山家へ行くぞ。供をせよ」

筒堂出羽守が言った。

「はっ」

二刀流の名手が答える。

「料理指南役もだ」

と、藩主。

「お供させていただきます」

千吉はただちに答えた。

七

三日後は秋晴れになった。

千吉は藩主と勤番の武士たちとともに山里に向かった。

向かったのは友野《ともの》という里だった。城から下り、田畑をひとしきり通り過ぎて、山道に入る。さらに難儀な道を進むと、藁葺《わらぶ》きの屋根がいくつか見えてくる。そこが友野だ。

お忍びの藩主が姿を現わすと、山家の家族は大いに驚いた様子で平身低頭《へいしんていとう》し、恐縮至極《きょうしゅくしごく》の態《てい》になった。

「苦しゅうない。おれはただの武家と思え」

大和梨川藩主が白い歯を見せた。

「へ、へえ」

気のよさそうな翁《おきな》がなおも頭を下げた。

隣にはつれあいとおぼしい媼《おうな》がいる。

「うちの殿様は気安く家へ来るって聞いてたんやけど、まさかうちに来はるとは」

一家のあるじとおぼしい男の顔にはまだ驚きの色が浮かんでいた。

奥のほうでは、その女房と子供たちが恐る恐る様子をうかがっている。お忍びとはいえ、藩主がいきなり訪ねてきたのだから青天の霹靂《へきれき》だ。

「ここにいるのは料理の指南役や。何かうまいもんがあったら食わしたって」

兵頭三之助が千吉を手で示して言った。

「松茸が入ったやろ」

翁がせがれを見て言った。

「ああ、焼くだけやったらなんぼでも焼けるけど」

山家のあるじが答える。

「丁稚《でっち》も炊けてますんで」

その女房が言い添えた。

「丁稚を炊く？」

お忍びの藩主がいぶかしげな顔つきになった。

「へえ、丁稚羊羹《ようかん》で」

と、女房。

「ああ、羊羹か」

筒堂出羽守が表情をやわらげた。

「それは食べてみたいです」

千吉が言う。

「なら、もう固まってますんで、切ってお出ししますわ」

山家の女房が腰を上げた。

「その前に、松茸を焼きましょう」

料理指南役が二の腕を軽くたたいた。

「松茸なら、うちらで焼けますで」

あるじが言った。

「いや、割き方と焼き方が腕の見せどころなので」

千吉がさっと右手を挙げた。

「江戸の料理人の腕を見せてやれ」

藩主が白い歯を見せた。

「承知しました」

千吉は帯をぽんと一つたたいた。

松茸の汚れを落とし、火を盛んにする。

その上に網を置くと、千吉はふっと一つ息を吐いた。

手際よく松茸を縦に割き、網焼きにする。頃合いを見計らって裏返し、醤油をたらす。

山家に松茸が焼ける香りが悦《よろこ》ばしく漂いだした。

松茸の網焼きは次々にできあがった。藩主の一行ばかりでなく、山家の者たちにもふるまわれる。

「焼きたてはうまいな」

藩主が満足げに言った。

「香りも歯ごたえも、何とも言えません」

稲岡一太郎がうなずく。

「熱いうちに、はふはふ言いながら食うのがたまらんわ」

兵頭三之助が笑みを浮かべた。

「こら、うまい」

「わいらがつくる松茸の網焼きとひと味違うで」

「さすがは江戸の料理人や」

山家の者たちが口々にそう言ってくれたから、千吉はほっとした顔つきになった。

松茸のあとには、丁稚羊羹がふるまわれた。

練り羊羹をつくったあと、菓子屋の丁稚が鍋に残った羊羹まで食すべく、水を足して湯に溶かし、水羊羹のようにして味わっていたことからその名がついた。

井戸水につけて冷やし、夏の暑気払いにするところもあるが、大和梨川では寒い時分に火のはたで食すのが習いだ。

千吉はさっそく舌だめしをした。

「うん、舌ざわりとのどごしがいいですね」

料理指南役が笑みを浮かべた。

「甘さも控えめでうまいだろう?」

藩主が訊く。

「ええ。これならうちでも出してみたいです」

千吉は乗り気で言った。

「なんぼでも教えますんで」

山家の女房が打ち解けた表情で言った。

そんなわけで、その日の千吉は地の料理を一つ仕込んで城に戻った。

八

大和梨川での日々は楽しかった。

柿の実が熟れる山里の景色も美しかった。むやみに富んではいないが、つつましやかな幸《さち》の暮らしがほうぼうにあった。

収穫された柿の実を使って、千吉は料理をふるまった。

得意の焼き柿だ。

柿は網焼きにすると甘くなる。そこへ江戸から持参した味醂を回しかけると、驚くほどうまい。

「こら、びっくりや」

舌だめしをした勘定奉行の国枝幸兵衛が目を瞠《みは》った。

「懐かしいなあ」

以前、のどか屋で食したことがある寺前文次郎は感慨深げな面持ちだ。

「この焼き柿は、山家にも伝えて廻ってますので」

千吉は笑みを浮かべた。

「それは民も喜ぶやろ」

勘定奉行がうなずいた。

大和梨川が気に入ったので、もっと長くいたいところだが、これから大坂と京を廻って正月までに江戸へ戻らねばならない。名残惜しいが、千吉は出立の支度を始めた。

最後に何か江戸土産の料理を、と藩主から言われた。

千吉が思案をしてからつくったのは、鮑《あわび》もどきだった。

「たしかに、これは煮鮑に見えるが」

筒堂出羽守はいぶかしげな顔つきになった。

「召し上がってみてくださいまし」

千吉は手つきを添えた。

「うむ」

藩主は箸を伸ばした。

煮鮑に見えるものをつまみ、口中に投じ入れる。

「ああ、なるほど、蒟蒻か」

大和梨川藩主がひざを打った。

「ええ。蒟蒻に切り込みを入れ、鮑に見立ててみました」

千吉が答えた。

「さすがは料理指南役だ。四方を山に囲まれた大和梨川でも海のものを食すことができる」

快男児が笑みを浮かべた。

「このあと、大坂と京でもいろいろ学んできます」

千吉は引き締まった表情で言った。

「次にのどか屋へ行くのが楽しみだ。しっかり学んでこい」

筒堂出羽守が言った。

「はいっ」

千吉はひときわ気の入った声で答えた。

第五章　大坂舌だめし

一

大和梨川を出た千吉は旅を続けた。

ここからは一人旅だ。

まず目指したのは奈良《なら》だった。

道づれがいない峠越えは心細かったが、どうにかかいにしえの都に着いた。

いままでと違って、旅籠もおのれで手配しなければならないが、幸いにもすぐ見つかった。

旅籠で荷を下ろした千吉は、さっそく舌だめしに出ることにした。

「どこかおいしいものを食べられる見世へ行きたいのですが。奈良ならではの食べ物を出す見世がいいです」

おかみに向かって、千吉はたずねた。

「奈良ならではでっか。洒落《しゃれ》ですな」

愛想のいいおかみが笑みを浮かべた。

「はは、たまたまで」

千吉が笑みを返す。

「ほな、奈良茶漬けの見世はどうです？」

おかみが水を向ける。

「ああ、いいですね。奈良漬けは好きなので」

千吉が乗り気で答えた。

「観音屋《かんのんや》っちゅう、おいしい見世がありますねん」

おかみは軽く右手を挙げた。

「観音屋ですか」

と、千吉。

「へえ。江戸の浅草の観音様の前に奈良茶漬けの見世があったそうで、そこから名ァを採ったっちゅうことで」

おかみが由来を伝えた。

「そうですか。それはぜひ行きたいですね」

千吉が言った。

「ほな、道を教えますわ」

おかみは手際よく道順を教えてくれた。

二

奈良漬けの歴史は古い。

すでに奈良時代から原型の瓜《うり》の粕漬けがつくられており、平安初期の延喜式《えんぎしき》には「粕漬」の記述が見える。

江戸時代になると、奈良の漢方医が白瓜の粕漬けを「奈良漬け」の名で売り出して評判となった。江戸にも伝えられ、将軍綱吉《つなよし》の時代に浅草の観音前に奈良茶漬けの見世ができて大いに繁盛した。

奈良は酒どころだ。いい瓜もできる。米もうまい。

その本場の奈良茶漬けを、のどか屋の二代目はさっそく賞味することにした。

「お待たせしました。奈良茶漬けでございます」

若おかみとおぼしい女が盆を運んできた。

「ああ、来た来た」

千吉が受け取る。

「ごゆっくり」

奈良漬けよりいくらか浅い茶色の帯の女が一礼した。

観音屋の奈良漬けは深い味わいだった。

茶漬けにするとことにうまい。五臓六腑《ごぞうろっぷ》にしみわたる味だ。

「ごちそうさまでした」

千吉は満足げに両手を合わせた。

「どうでしたやろ?」

若おかみが問う。

「大変おいしゅうございました」

千吉は笑顔で答えた。

「それはよろしおました。奈良漬けはおみやげもありますよってに」

若おかみが如才《じょさい》なく水を向けた。

「日保ちのほうはいかがでしょう」

千吉がたずねた。

「小ぶりの樽に入ってますし。これから冬場になりますさかいに」

若おかみが答える。

「そうですね。では、いただきましょう」

千吉は軽く両手を打ち合わせた。

いささか荷にはなるが、上方みやげが一つ加わった。

「へえ、おおきに」

若おかみが両手を合わせた。

三

奈良の次は大坂を目指した。

ここも峠越えだが、大和梨川の風花峠に比べたらさほど難儀ではなかった。千吉は滞りなく大坂に着いた。

旅籠の評判を聞き、四天王寺《してんのうじ》に近い宿に荷を下ろした。推古《すいこ》元年（五九三）に聖徳《しょうとく》太子《たいし》が創建した名刹《めいさつ》だ。

もうあたりはだいぶ暗くなっていた。千吉はまずお寺のお参りを済ませておくことにした。

家内安全と商売繁盛、それに、江戸へ無事帰れることを願った。

万吉とおひな、二人の子にはお守りを買った。紺と紅、わらべ用のお守りだ。これでまた一つ、ささやかな上方みやげが増えた。

腹が減ってきたので、舌だめしを兼ねて門前のうどん屋に入った。

うどんに茶飯、それに、鱧《はも》の天麩羅をつけた。なかなかの構えで、小上がりは客でにぎわっていた。

のどか屋と同じく、一枚板の席もあった。上方でもこういう造りの見世は増えてきているらしい。

千吉は一枚板の席の端に腰を下ろし、あるじの仕事ぶりをつぶさに見た。

天麩羅にする鱧を、見事にさばいていく。鱧は小骨が多いから、包丁で切ってやるのがまさに骨法だ。頭のほうから背を残すようにして、小気味いい音を立てながらじゃっじゃっと切っていく。

「鱧は初夏《はつなつ》が旬だと聞きましたが、晩秋もいけますか」

千吉が訊いた。

「この時分も、脂《あぶら》がのってうまいでっせ」

料理人が答えた。

「なるほど、鮎《あゆ》みたいなものですか」

と、千吉。

「落ち鮎は腹に玉子がおまっけどな。あんさん、江戸からで？」

あるじがたずねた。

「はい。上方のおいしいものをいただきに」

千吉は笑みを浮かべた。

「そうでっか。うちのうどんもうまいんで」

手を動かしながら、あるじが言った。

ほどなく、膳ができあがった。

厨では弟子たちも働いている。活気のある見世だ。

千吉はさっそく舌だめしをした。

しっかりこしが残っているうどんはうまかった。薄口醤油を用いた上方のつゆは久々だったが、いりこと昆布で取ったとおぼしいだしには深いこくがあった。

「うまいですね」

千吉は笑顔で言った。

「おおきに。いま鱧天も揚がりますさかいに」

あるじが笑みを返した。

茶飯もほどよい塩梅だった。二口ほど食したところで、鱧天が揚がった。

「お待ちで。揚げたてを召し上がっておくんなはれ」

あるじはていねいに皿を出した。

「いただきます」

千吉の箸が伸びる。

鱧には上品な甘みがあった。骨切りをしてあるから、かみ味もいい。鱧天をいくらか食してからうどんに戻ると、つゆの味わいがまた深くなった。

千吉の箸は止まらなかった。小気味よく動き、うどんと茶飯と鱧天を平らげた。

「おいしかったです。大坂へ来てよかったですよ」

千吉は満足げに言った。

「そうでっか。そう言《ゆ》うてもろたら、つくった甲斐がありまんな」

料理人の顔に会心の笑みが浮かんだ。

四

旅籠に戻った千吉は、遅くまで書き物をした。

舌だめしをしたら、忘れないうちに帳面に書きとめておかねばならない。鱧をさばくあるじの手際を思い出しながら、千吉は筆を動かした。江戸で鱧料理は出ないが、さまざまなことを記さなければ書物にはならない。

翌日の朝餉には面白い工夫があった。

朝獲れの魚の刺身の盛り合わせが膳の顔だが、そこにおぼろ昆布が散らされていた。さりげなくすり胡麻もかかっている。

おぼろ昆布とともに刺身を醬油につけて食すと、いままで食べたことのない味わいがした。

朝膳を平らげたあと、千吉は旅籠のあるじにおぼろ昆布について問うた。

「大坂はええ昆布が入りまんねん」

福相のあるじが機嫌よく答えた。

「北前船《きたまえぶね》ですね」

と、千吉。

「そうだす。ただ、京の利尻昆布《りしりこんぶ》と違《ちご》て、こっちは真《ま》昆布でしてな。おぼろ昆布にしたら味が濃いんで」

あるじが言った。

「ええ。活きのいい刺身とよく合っていました」

千吉がうなずく。

「真昆布は西廻り航路で大坂や堺《さかい》に入りまんねん。堺はええ刃物がでけますよってに、おぼろ昆布をつくるのはお手のもんや」

あるじは昆布を漉《す》く身ぶりをまじえた。

「なるほど。それでおぼろ昆布が特産品になってるんですね」

これも書物に記さねばと思いながら、千吉は答えた。

「そうだす」

福相の顔に笑みが浮かんだ。

今日行くところは決めていなかったが、あるじがいいところを教えてくれた。

「大坂で舌だめしをするんやったら、船場《せんば》でっしゃろな」

「船場ですか」

と、千吉。

「そうだす。昔からあきないで栄える町ですさかいに、筋のええ料理屋がいろいろありますわ」

あるじが笑顔で言った。

「では、船場へ舌だめしに行ってきます」

千吉は張りのある声で言った。

「そうでっか。気ィつけて行ってきておくれやす」

旅籠のあるじが答えた。

五

船場の北は、中之島《なかのしま》に接している。年貢米が諸国から集まってくる場所だ。あきないをするのに適した町ゆえ、船場には多くの問屋やあきんどが集まって栄えるようになった。

船宿、料亭、両替屋、呉服屋、金物屋……。

船場には数々の見世がある。人どおりも多い。旅籠のあるじから教わった見世を見つけるまで、千吉はちょっと苦労した。

「あっ、これか」

千吉は瞬きをした。

いくたびか前を通っていたのだが、のれんの文字が崩し字ですぐ分からなかった。

見世の名は、こう記されていた。

なには屋

同じ名の名店で修業したあるじがのれん分けのかたちで開いた見世らしい。旅籠のあるじに、船場でも学びになる料理屋をと問うたところ、見知り越しのこの見世を紹介してくれた。

わりかた奥行きのある見世だった。千吉は座敷の奥のほうに座り、おまかせで肴を注文した。

酒も呑む。

灘《なだ》、伊丹《いたみ》、池田《いけだ》。大坂は銘酒の里を擁《よう》している。さすがはとうなるような味だった。

「へえ、おまっとさんで。二種の鱧の湯引きだす。こっちは梅肉だれ、こっちは辛子《からし》酢味噌で召し上がっておくれやっしゃ」

愛想のいいおかみが品のいい盛り付けの肴を出した。

「これはおいしそうですね。船場汁はできますか？」

千吉はたずねた。

「でけますで。あとでお持ちしますわ」

おかみは笑みを浮かべた。

鱧の湯引きの食べくらべは楽しかった。甲乙つけがたいが、より酒に合うのは辛子酢味噌のほうだ。辛さと味噌の甘さが、この時季の鱧と悦ばしく響き合っている。

満足して食べ終えたところで、船場汁が来た。

塩鮭のあらと大根を使った潮汁だ。これをさらに煮詰めると船場煮になる。

「うん、おいしい」

ひと口啜った千吉が満足げに言った。

商家で出される素朴な料理だが、塩鮭からいいだしが出てことのほかうまい。

これは『諸国料理春秋』に載せなければ。

そう思いながら、千吉はさらに船場汁を啜った。

六

翌日は法善寺《ほうぜんじ》にお参りした。

かつては京の宇治《うじ》にあったが、寛永《かんえい》年間に専念《せんねん》が難波《なんば》に移転させた。

専念法師は人々の供養のため、千日間にも及ぶ念仏回向《えこう》をつとめた。それにちなんで、界隈《かいわい》は千日前《せんにちまえ》と呼ばれるようになった。

法善寺の西向《にしむき》不動明王《ふどうみようおう》は、水掛け不動の名で親しまれている。多くの参拝客から水を掛けられ、緑あざやかに苔むしたお不動さまの前で、家内安全、商売繁盛を願って千吉は両手を合わせた。

とくにどの見世というあてはなかったのだが、横丁をそぞろに歩いていると、だしのいい香りが漂ってきた。

昆布のだしだ。

その香りに誘われて、千吉は品のいい小ぶりののれんが出ていた見世に入った。

昆

毘沙門天《びしゃもんてん》から採ったのだろうか、そう染め抜かれている。

小上がりがあるこざっぱりとした見世だった。

「今日はええ河豚《ふぐ》が入ってますねん。刺身はどないですやろ?」

おかみからそう水を向けられた。

河豚には毒がある。千吉はややためらった。

「中《あた》ったもんはおまへんよってに」

それと察して、奥の先客が言った。

「そうですか。では、いただきます」

千吉は軽くうなずいた。

「気ィ入れてさばかせてもらいま」

厨から豆絞りの料理人が言った。

いくらか離れていたが、あるじの包丁さばきが鮮やかだということは分かった。なるほど、これなら毒には中るまい。

ややあって、大きめの皿に盛られた河豚の刺身が運ばれてきた。

「お待ちどおさんで」

おかみが笑みを浮かべた。

青い釉薬《うわぐすり》がかかった皿に白い河豚の刺身、紅葉《もみじ》おろしの赤みとあさつきの青みが華を添えている。

「これはお酒に合いそうですね」

千吉が笑みを返した。

すでに呑みはじめている。秋鹿《あきしか》という名のうまい酒だ。

「なんぼでもお代わりでけますんで」

おかみが愛想よく言った。

見事にそろった河豚の刺身は美味だった。

刺身醤油がまたうまい。思わずうなる味だ。

「ここの料理はうまいでっしゃろ？」

常連とおぼしい奥の先客が自慢げに言った。

「ええ。舌だめしをここにしてよかったです」

千吉は白い歯を見せた。

「あんさん、江戸のお方で？」

客がたずねた。

「はい。旅籠付きの小料理屋の二代目です」

千吉が答える。

「小料理屋付きの旅籠とちゃいまんの？」

客はいぶかしげな顔つきになった。

「小料理屋から始まったもので」

千吉は笑みを浮かべた。

「ほな、小料理らしい煮物はどうだす？」

おかみが水を向けた。

「ええ、いただきます」

千吉は二つ返事で答えた。

「勝間南瓜《こつまなんきん》がほっこり煮えてますんで」

あるじが厨から言った。

「こつまなんきん？」

初めて聞く名だ。

「地ィの南瓜《かぼちゃ》ですわ。いまお出しします」

あるじの手が小気味よく動いた。

小鉢に盛られたものが供された。勝間南瓜の煮付けだ。

さっそく味わう。

「あ、粘り気があっておいしい」

千吉の顔がほころんだ。

「ええ味でっしゃろ」

先客が言った。

「初めて食べます。来てよかったです」

これも書物に載せなければと思いながら、千吉は答えた。

七

風はさらに棘《とげ》を増してきた。

大坂での舌だめしを終えた千吉は、京へ向かうことにした。

最後に旅籠で朝餉を食べた。

長逗留だったから、膳に目新しいものはとくにないが、これでお別れかと思うと心にしみた。

秋の恵みのきのこ汁と朝獲れの魚の刺身もさることながら、脇を固める厚揚げの煮物が美味だった。

薄口醬油を用いているから、色が浅い。そのあたりが江戸の煮物とは違う。

濃口醬油より、薄口醬油のほうが塩気が強い。さりながら、隠し味に甘酒が加わっているから、醬油臭さが抑えられ、まろやかな味わいになる。

素材の持ち味が活きた、見た目も美しいなにわ料理。

それを支えているのが薄口醬油だ。

千吉はちょうどいい塩梅の厚揚げの煮物をじっくりと味わった。

別れのときが来た。

「長々とありがたく存じました」

千吉はていねいに一礼した。

「こちらこそ、長逗留おおきに」

あるじが頭を下げる。

「道中、気ィつけて」

おかみが和した。

「はい。では、これで失礼します」

重ねて礼をすると、千吉はきびすを返し、次の地へと一歩を踏み出した。
いよいよ、京だ。

第六章　京の舌だめし

一

朝に大坂を出たときにはさほどではなかったが、しだいに天気が悪くなってきた。淀川《よどがわ》沿いに京へ向かう道のりだが、雨に加えて、風も強くなってきた。これは難儀だ。

その日のうちに京まで行くつもりだったが、千吉は途中の宿場で泊まることにした。枚方宿《ひらかたじゅく》だ。

京と大坂のほぼ真ん中に位置している。陸の街道ばかりでなく、淀川を用いる舟運の湊《みなと》としても栄えた。

大小さまざまな舟がひっきりなしに行き来する。それを見張る番所が枚方宿には設けられていた。

三十石舟は旅客だけが用いる。その客を目当てに、酒や食べ物を売る舟がわらわらと寄ってくる。


餅くらわんか、酒くらわんか、銭がないのでようくらわんか……


そんな声を発しながらあきないをしたので、「くらわんか舟」と呼ばれていた。

千吉が泊まった旅籠の夕餉では、くらわんか舟が出していた汁が出た。

「ごんぼ汁はお代わりでけますよってに」

おかみが愛想よく言った。

「ごんぼ汁ですか」

千吉は椀を見た。

ほかは茶飯と焼き魚、それに奴豆腐とお浸し。いたって素朴な膳だ。

「へえ、ごんぼが沢山《ようさん》入ってまんねん」

と、おかみ。

千吉は気づいた。

ごんぼとは牛蒡《ごぼう》のことだ。

「ああ。身の養いになりそうですね」

千吉は笑みを浮かべた。

「くらわんか舟の名物で」

おかみが言った。

「なるほど、ちょうどよさそうで」

千吉は椀に手を伸ばした。

「ほな、お代わり、言《ゆ》うておくれやっしゃ」

おかみはそう言って腰を上げた。

ごんぼ汁は素朴だが心にしみる味がした。

夕餉を終えた千吉は、帳面を取り出してひとしきり書き物をした。

くらわんか舟の名物ごんぼ汁
ごばうの汁なり
具だくさん

千吉はそう記した。

二

幸い、翌日は好天になった。

枚方宿から京まで、足もとはぬかるんでいたが、千吉は大過《たいか》なく到着した。

構えた宿ではなく、京らしい料理をふるまってくれる旅籠を探した

「ほんなら、祇園《ぎおん》の楽屋《らくや》がよろしおすえ。おいしいおばんざいが出ますよってに」

休憩に立ち寄った茶見世のおかみが教えてくれた。

「楽屋ですね」

と、千吉。

「へえ。八坂《やさか》神社の近くどす」

親切なおかみは道順を事細かに教えてくれた。

楽

と、染め抜かれた臙脂色《えんじいろ》ののれんが出ていた。

字が笑っているかのようで、ほっこりするのれんだ。

あるじもおかみも大いに歓待してくれた。

「長逗留になるかもしれませんが」

千吉が言った。

京では寄らねばならないところもあるが、まずは腰を据えて舌だめしだ。

「なんぼでもいておくれやす」

あるじが笑みを浮かべた。

「おいしいもんをお出ししますよってに」

おかみのほおにえくぼが浮かんだ。

夕餉にはさっそく「おいしいもの」が出た。

棒鱈《ぼうだら》と海老芋《えびいも》の炊き合わせだ。

海のない京では、日保ちのする鰊《にしん》や棒鱈などが重宝されるが、江戸の料理人が使うことはまずない。

ちょうどいい塩梅の味つけだったので、千吉は厨へ行ってつくり方を訊いた。厨仕事も担うあるじは快く勘どころを教えてくれた。

棒鱈の料理は手間がかかる。

棒鱈をたっぷりの水につけ、日々水を替えていく。これを七日ほど繰り返す。やわらかくなったところで、鰭《ひれ》と尾を切り落とし、身をたわしできれいに洗う。腹の薄身をそぎ、ぶつ切りにする。

これに湯をさっとかけ、冷たい井戸水で洗う。こうすることで臭みが取れる。

ここまで下ごしらえをしてから、だし汁で半刻《はんとき》(約一時間)ほど煮る。これに下茹でした海老芋を加え、薄口醤油や味醂などの調味料を入れて、さらにことことと煮れば出来上がりだ。

「手間暇も料理のうちですね」

千吉が笑みを浮かべた。

「そうだすな。おいしゅうなれ、おいしゅうなれと念じながらつくってま」

あるじがいい顔で答えた。

三

翌日は八坂神社にお参りした。

素戔鳴尊《すさのおのみこと》を主祭神とする由緒の古い神社は「祇園さん」と呼ばれて人々に親しまれている。祭礼の祇園祭は日本の三大祭りに数えられるほどだ。

参拝を済ませた千吉は、破魔矢《はまや》を買った。家内安全、無病息災を願う縁起物だ。神棚にちょうど飾ることができる。これでまた一つ上方みやげが増えた。

帰りにはまず茶漬け屋に寄った。

食したのは、すぐき茶漬けだった。京の名産のすぐき漬けを用いた上品な茶漬けだ。

おばんざいも出す見世だった。千吉は京菜《きょうな》の炊いたんを所望《しょもう》した。これも薄口醤油の香りがいいほどよい味つけだった。

茶漬け屋を出た千吉は、さらに舌だめしを続けた。

次は菓子だ。

しばらく祇園の界隈を歩くと、品のいい茶見世を見つけた。

座敷に上がり、裏の庭をながめながら抹茶と菓子を楽しめるようだ。千吉はここに決めた。

小体《こてい》ながら、庭は清《すが》しかった。池では鯉《こい》も泳いでいる。

ほどなく、抹茶と菓子が来た。

「秋の山路《やまじ》どす」

お運びの娘が笑みを浮かべた。

「これは景色が浮かぶかのようですね。京ならではのお菓子でしょうか」

千吉はたずねた。

「京が始まりで、上方のお茶席でよう出されてます。こなしっちゅう名で」

娘は愛想よく答えた。

「こなしですか」

と、千吉。

「そうどす。生地に色をつけて、あとは手わざでこしらえていきますねん」

娘はかわいいしぐさをまじえた。

秋の山路という菓子は、その手わざが冴えていた。

栗が入った中餡を、秋の紅葉を表す紅と黄色と挽茶色《ひきちゃいろ》の生地が上品に包みこみ、山路のさまを見事に映し出している。

「うん、おいしい」

座敷の隅で庭をながめながら味わった千吉は、思わず口に出した。

もっちりとした歯ごたえと栗餡が響き合って、なかなかの美味だった。

惜しむらくは、生菓子だから日保ちがしない。

上方みやげに加えられないことだけが残念だった。

四

その後も舌だめしは続いた。

蕎麦屋では鰊蕎麦を食した。

北前船で運ばれてくる鰊は骨までやわらかく煮られていた。だしもうまい。五臓六腑にしみわたる味だ。

蕎麦にもしっかりとこしが残っていた。鰊の身をほぐしながら食す一杯は心に残る味だった。

評判を聞き、名のある料理屋ののれんもくぐった。

彩り豊かな京懐石で、千吉は存分に舌だめしをした。

のちに書物に記すための舌だめしだ。気になったことは、その場で次々に問うた。

「これは美しい盛り付けですね」

おかみが運んできた料理を見て、千吉は言った。

「へえ、伊勢海老と松茸の椀盛りどす。どちらも薄八方地《うすはっぽうじ》で煮てありますんで、きれいな色どっしゃろ?」

話し好きとおぼしいおかみが言った。

「そうですね。濃口の醤油だと、こういう色合いにはなりません」

千吉がうなずく。

「あんさん、料理人はんで?」

おかみがたずねた。

「はい。江戸の旅籠付き小料理屋の二代目で」

千吉は笑みを浮かべた。

「そうどすか。板前顔をしてはるんで。まま、召し上がっておくれやす」

おかみが身ぶりをまじえた。

「ええ、いただきます」

千吉はまず伊勢海老に箸を伸ばした。

吸地《すいじ》を少し張り、茹でた軸三つ葉と剥柚子《へぎゆず》を添えてある。

「ああ、うまいです」

千吉は満足げに言った。

「鱧寿司も板前自慢のひと品で」

　おかみがまた手で示した。

「青竹の器に盛って、杵生姜《きねしょうが》を添えてあるんですね。見た目もきれいです」

　千吉は箸を伸ばした。

　白焼きにした鱧に二度焼きだれをつけ、焦がさないように塩梅よく焼く。

　寿司飯を青竹に盛り、焼いた鱧を載せて布巾で包み、形を整える。

　食べやすい大きさに切り分けたら杵生姜を飾り、仕上げにもう一度たれを刷毛で塗る。

「これも絶品ですね」

　千吉はうなった。

「ああ、よろしおした」

　おかみは胸に手をやった。

「ほかの料理もじっくり味わわせていただきます」

　千吉は白い歯を見せた。

「へえ、どうぞごゆっくり」

　腰を上げたおかみが優雅に一礼した。

五

翌日もべつの料理屋で舌だめしをした。

ここはぐじが名物だった。甘鯛のことを京ではぐじと呼ぶ。名の由来には諸説あるが、魚のかたちの屈頭《ぐず》が訛《なま》ったとする節が有力だ。

晩秋から冬場にかけてが旬で、脂がのってうまいが、海のわりかた深いところにいる魚ゆえ、たんと獲れるわけではない。その分、値は張るが、正しく調理すれば実にうまい。

千吉がまず味わったのは刺身だった。

若狭で獲れたぐじに塩を振り、一昼夜おく。いわゆる浜塩《はましお》だ。

ぐじの身にはいささか水っぽいところもあるが、こうすることでぎゅっと締まるし、日保ちもする。

浜塩を施したぐじを細づくりにし、二杯酢で山葵を添えて食す。酒の肴にももってこいだ。

次は焼き物が来た。

「わあ、きれいな色ですね」

千吉が見るなり言った。

「へえ、うろこまでこんがり焼いてますんで」

おかみがそう言って皿を置いた。

「うろこまでですか」

千吉がのぞきこむ。

「うろこを逆立てんように、じっくり焼いていくと、ぱりぱりしておいしおす。どうぞごゆっくり」

おかみは一礼して去った。

千吉はさっそく舌だめしをした。

ぱりぱりしたうろこと、もっちりとした身。

京の味、ぐじを堪能できるひと品だった。

甘鯛を京ではぐじと呼ぶなり
旬は晩秋から冬
浜塩の刺身

うろこまで食せる焼き物
ともに美味なり

旅籠に戻った千吉は、帳面にそう記した。

六

祇園の楽屋とお別れする日が来た。

最後の朝餉を、千吉はしみじみと味わった。

たっぷりの大根おろしを添えた鯵《あじ》の干物に、聖護院《しょうごいん》大根とお揚げの炊いたん。それに、九条《くじょう》葱と豆腐の味噌汁。どれも心にしみた。

京野菜の一つ、聖護院大根は漬け物にしてもうまい。薄い輪切りにすれば、ぱりぱりといくらでも食べられる。

できれば上方みやげに加えたいところだ。おかみにそう言ってみたところ、いい知恵を出してくれた。

紙に包んでしっかりと縛ったうえ、ぴたりと蓋が閉まる木箱に入れておけば、冬場ということもあり、江戸まで運ぶことができるだろう。

「ほな、これで」

おかみが包みを渡した。

木箱をさらにしっかりと包んだものだ。

「ありがたく存じます」

受け取った千吉は、嚢に慎重に入れた。

ほうぼうで加わった上方みやげが、だんだんにぎやかになってきた。

「長逗留、おおきに」

あるじもあいさつに出てきた。

「長々とお世話になりました」

千吉はていねいに頭を下げた。

「また来ておくれやす」

おかみが笑みを浮かべた。

「はい。またいつか」

千吉が笑みを返す。

「江戸までの道中、気ィつけて」

楽屋のあるじが言った。

「まだちょっとこっちで寄るところがありますので」

千吉は答えた。

「そうどすか。気ィつけて」

今度はおかみが言った。

七

楽屋を出た千吉は鴨川《かもがわ》のほうへ向かった。

そこに、京へ来たらぜひとも行かねばならぬ見世があった。

のどか屋のあるじの時吉には、年に一度は文が来る。それによって、おおよその近況は分かっていた。

京へお越しの際は、ぜひお立ち寄りください。

二代目様もお待ちしてをります。

前に届いた文にはそう記されていた。

その見世に立ち寄ったら、次は太秦《うずまさ》へ寄るつもりだった。

朱華《はねず》ののれんが出ていると聞いたが、いささか早く来すぎた。中食にはまだ間がある。

ちょうどいい日和だった。千吉は鴨川べりをしばし散策することにした。

途中で猫を見かけた。

うちの猫たちは達者にしているだろうか。

のどか屋の猫たちの顔が次々に思い出されてきた。

ちょうどいい猫じゃらしがあれば、猫たちにも上方みやげを買ってやろう。

千吉はそう思った。

鴨川沿いを行ったり来たりしているうちに、いい頃合いになった。

千吉は再び目指す見世のほうへ向かった。

のれんはまだ出ていなかったが、だしのいい香りが漂ってきた。早くも待っている客が二人いた。

千吉は入ってあいさつすることにした。

看板に目をやる。

品のいい字で、こう記されていた。

のどか屋

千吉が訪れたのは、京にあるもう一軒ののどか屋だった。

第七章　もう一つののどか屋

一

京ののどか屋は、江戸ののどか屋で修業をした京造《きようぞう》があるじだ。

おかみのおさちとともに見世を切り盛りし、早いものでもう十年あまりが経った。

そのあいだに子が三人できて、見世も繁盛している。

京造は四条大宮《しじようおおみや》の宮戸屋《みやとや》の跡取り息子だった。京造の母のおやえが板長の丑之助《うしのすけ》とともに切り盛りしていたが、評判は芳《かんば》しくなく、客は少しずつ減っていた。

宮戸屋では料理ではなく皿を食わせるのか。

そんな陰口をたたく客までいた。

お高くとまり、高価な皿に少量の料理を見た目よく盛りつけて、「どうだ、食え」

とばかりに皿を上から出す。そんなあきないぶりだったから、客が離れていくのも当然の成り行きだった。


料理の皿は下から出さねばならない。

お口に合うかどうか、どうぞお召し上がりください。

そんな心をこめて、下から出すのが料理人の心構えだ。


それが、長吉から時吉、時吉から千吉へと受け継がれた教えだった。

しかし、宮戸屋の大おかみと、男女の仲になっていると言われる板長の丑之助はまるで違った。

見た目が美しいうちの料理の良さが分からぬ者は阿呆《あほ》だ、とひたすら客を見下《くだ》すばかりだった。

このままではいけない。宮戸屋はつぶれてしまう。

跡取り息子の京造は意を決した。

若おかみのおさちを京に残し、江戸へ修業に出ることにしたのだ。

その修業先がのどか屋だった。

当時、千吉はまだ十《とお》くらいのわらべだった。厨で「むきむき」の稽古をしていたころだ。

修業を終えた京造は、時吉とともに京へ戻った。宮戸屋の立て直しのために、時吉を招いたのだ。

しかし……。

大おかみと板長は聞く耳を持たなかった。江戸から来た料理人に対して皮肉を言うばかりで、料簡《りようけん》を改めようとはしなかった。

もはや、これまで。

京造とおさちは宮戸屋を立て直すことをあきらめた。

良松《よしまつ》という見習いの料理人もつれて、若夫婦は見世を出た。

そして、京ののどか屋を開いたのだった。

二

「わあ、大《お》っきならはりましたなあ」

千吉に向かって、京造は驚いたように言った。

「のどか屋に来てくれたころは、まだ十あまりだったんで」

千吉は笑みを浮かべた。

「このあとはどちらへ？」

おかみのおさちがたずねた。

「そちらの実家《さと》の太秦へ行かせてもらおうと思っています。京野菜の学びをしたいので」

千吉が答えた。

「のどか屋さんの二代目だと言ったら、歓待されると思います。田舎家で広いので、長逗留でも大丈夫ですよ」

おさちは笑顔で言った。

「では、そうさせていただきます。こちらには帰りにまた寄らせていただきますので」

千吉は白い歯を見せた。

奥のほうからわらべの声が聞こえた。

「そろそろのれんを出すからね。けんかとかしないで」

おさちが言った。

「はあい」

「分かってる」

声が返ってきた。

「やっと手ェがかからんようになってきたんですわ」

京造が言った。

「それまではお手伝いさんに入ってもろて、どうにかこうにか」

と、おさち。

「厨に見習いさんが入っていたと思うんですが」

あたりを見回して、千吉が言った。

面識はないが、時吉から聞いて知っている。

「良松は故郷《くに》に帰って、土山宿《つちやま》で飯屋を開いてますわ。その名も良松屋っちゅう名で」

京造が答えた。

「そうですか。でしたら、帰りに必ず寄ってみます」

千吉がそう請け合った。

「あ、お客さんが。そろそろのれんを出さんと」

おさちが動いた。

「ほな、中食を食べていっておくんなはれ」

京造が一枚板の席を手で示した。

のどか屋と同じ造りだ。

「そうします」

千吉はすぐさま答えた。

三

の、と染め抜かれた明るい朱華ののれんが出た。

これから京ののどか屋の中食だ。

こんな貼り紙が出ていた。

けふの中食
松茸づくし膳
松茸めし　吸ひもの

てんぷら　あへもの
三十食かぎり三十文

江戸ののどか屋と同じような貼り紙だ。

千吉が箸を動かしだすと、客が次々に入ってきた。

「初めて見る顔やな」

隣に座った隠居風の男が言った。

「江戸の本家の跡取りはんで」

京造が千吉のほうを手で示した。

「のどか屋の二代目の千吉です」

千吉は頭を下げた。

「ほう、あるじの修業先の跡取りはんで」

隠居が言った。

「こちらには初めて来《こ》させていただきました」

と、千吉。

「そうだすか。おいしいもんをよう食わせてもろてますわ」

隠居が笑みを浮かべた。

松茸づくし膳はどれも美味だった。

松茸の味が濃くて深い味わいがある。牛蒡と油揚げを合わせた松茸めし、大ぶりの天麩羅、小粋な京菜との和え物、花麩《はなふ》が浮いた吸い物。どれもていねいな仕事ぶりだ。

「お味はどうどす？」

おさちがたずねた。

「どれもうまいです。これで三十文ならお客さんは大満足でしょう」

千吉は笑顔で答えた。

「江戸ではいくらくらいで」

隠居が問う。

「うちではこのところ四十文です。値の張る食材もあるもので」

千吉は答えた。

そんなやり取りをしているあいだにも、客は次々に入ってきた。

食べ終えた客が銭を払って出ていく。京ののどか屋は活気にあふれていた。

「ありがたく存じます」

「また来ておくれやっしゃ」

おかみとあるじの声が悦ばしく響いた。

千吉は松茸づくし膳を食べ終えた。

「うまかったです。ごちそうさま」

江戸ののどか屋の二代目が両手を合わせた。

「ああ、よかった」

京ののどか屋のあるじが笑みを浮かべた。

四

中食が終わると、三人の子が奥から出てきた。

跡取り息子と二人の妹だ。

「こいつはいっちょまえに厨の修業を始めたとこですわ」

京造がせがれのほうを手で示した。

「江戸の料理人さんに教えてもろたら？」

おさちが水を向けた。

跡取り息子が緊張気味にうなずいた。

名は京太郎《きょうたろう》という。

おのれもこれくらいの歳から「むきむき」や「とんとん」の稽古を始めた。

「金時《きんとき》がようけ入ってるんで、稽古に使《つ》こておくれやす」

京造が言った。

「そうですか。なら、かつらむきの金平《きんぴら》をつくってみるかな」

千吉が笑みを浮かべた。

「か、かつらむき……」

京太郎は尻込みをした。

「前にやってみたけど下手くそで、手ェを切りそうで」

京造が苦笑いを浮かべた。

「こつさえ呑みこめばできるから、やってみよう。大丈夫だよ」

千吉が跡取り息子に言った。

京太郎は不安げにうなずいた。

「まず手本を見せるよ」

千吉はおのれの包丁を金時人参に当てた。

「包丁を動かして人参を薄く切ろうとするからうまくいかないんだ。浅く切りこみを入れたら、こうやって、人参のほうを回してやる。そうすると、おのずと薄く切れていく」

千吉は手本を見せた。

「力を入れたらあかんで。川の水が流れるように、すーっと人参を動かしていくんや」

京造の声に力がこもった。

初めのうちはなかなかうまくいかなかったが、だんだんさまになってきた。

「そうそう、いいぞ」

千吉が励ます。

「ええ感じやね」

おさちも見守る。

「おう、ええやないか。ちゃんとかつらむきになってるで」

京造も感心したように言った。

父の言葉を聞いて、京太郎は心底嬉しそうに笑った。

「よし、では、このかつらむきの金時人参を金平にしよう」

千吉が両手を一つ打ち合わせた。

「金平に？」

京太郎が問う。

「そうだよ。薄いかつらむきにした人参を細切りにして金平にすれば、小粋な酒の肴になるんだ」

千吉はさっそく手本を見せた。

江戸から来た料理人の包丁が小気味よく動く。その手元を、京ののどか屋の跡取り息子はじっと見ていた。

醤油と味醂と砂糖少々と鷹《たか》の爪。仕上げに炒り胡麻を散らせば、金時人参の金平の出来上がりだ。

「舌だめしをしてみて」

千吉はできたてを小皿に盛って、京太郎に差し出した。

「うん」

跡取り息子の箸が動いた。

口中に投じ入れる。

「どや？」

父がたずねた。

「うまいわ」

京太郎の瞳が輝いた。

五

「ほな、気ィつけて」

おさちが笑顔で送り出した。

「帰りにまた寄っておくれやっしゃ」

京造が和した。

「はい、必ず寄ります」

千吉は白い歯を見せた。

のどか屋の二代目が向かったのは、太秦のおさちの実家《さと》だった。

太秦は洛外《らくがい》で、田畑や林が多い。洛中《らくちゅう》ぐらしを鼻にかけていた宮戸屋のおやえは、事あるごとに洛外の田舎者よとおさちをいじめていたものだ。

おさちには分かりやすい地図を描いてもらった。おかげで迷うことなく着くことができた。

「まあまあ、よう遠《と》いとこを」

「訪ねてもろてありがたいことで」

おさちの両親が笑顔で出迎えてくれた。

「時吉はんはお達者で?」

父の安蔵《やすぞう》がたずねた。

「はい、おかげさまで、達者にしております」

千吉は答えた。

「そういえば、顔が似てはるわ」

「江戸ののどか屋の顔やな」

おさちの二人の兄が言った。

上が安太郎《やすたろう》で下が安次《やすじ》。それぞれに女房と子供たちがいる。珍しく客が来たとあって、わらべたちは興味津々の態で奥のほうから千吉の様子をうかがっていた。

「今日は泊まっていかはります?」

おさちの母が問うた。

「これから戻るのは難儀なので、泊めていただければありがたいです。明日は畑などを見させていただければと」

千吉は答えた。

「ほな、明日穫り入れて、翌る朝、見世へ届けるんで」

安太郎が言った。

「一緒に運んでもろたら助かりますわ」

安次が日焼けした顔をほころばせた。

「そりゃお安い御用です」

千吉はすぐさま請け合った。

「今晩は何ぞうまいもんをつくっておくんなはれ」

安蔵が水を向けた。

「ああ、そらええわ」

「うちの子ォらにも食わせてやりたいんで」

おさちの二人の兄が言った。

「では、厨を拝見して、何をつくるか思案させていただきます」

千吉は答えた。

そんなわけで、江戸の料理人は太秦の田舎家の厨に入った。

金時人参、聖護院大根、堀川《ほりかわ》牛蒡、九条葱。

うまそうな京野菜がとりどりにそろっている。

椎茸や平茸《ひらたけ》、秋の恵みの茸もあり、粉も充分にあった。

調味料も検分した。

田舎味噌と白味噌。どちらもいい味だった。

「豆腐と蒟蒻ならありますで」

安蔵が言った。

「それは好都合です。では、ほうとう鍋をつくりましょう」

千吉は答えた。

「ほうとうでっか」

と、安蔵。

「ええ。いくらか幅広の麵で、煮込むととろみが出てうまいです。甲州《こうしゅう》の味噌仕立てと武州の醬油仕立てがありますが、味噌がおいしかったので甲州のほうで」

千吉は笑みを浮かべた。

「そら楽しみや」

「子供らも喜ぶわ」

おさちの二人の兄が笑みを返した。

千吉は気を入れてほうとうを打った。

うまくなれ、うまくなれ……。

そう念じながら麵を打つ。これはうどんも蕎麦もほうとうも変わりがない。

太秦の秋は冷える。囲炉裏《いろり》にほうとうの大鍋がかけられた。

合わせ味噌のいい香りが漂いだした。

だんだんに具が煮えてくる。

「江戸の料理人はんがつくった鍋や。沢山《ようけ》食え」

安太郎がわらべたちに言った。

「うん」

「うまそうや」

囲炉裏のはたがにぎやかになった。

ほうとう鍋の評判は上々だった。

「うまい」

「ええ味や」

「麵もうまいで」

ほうぼうで声があがった。

千吉も舌だめしをした。

人参、大根、牛蒡、葱。

地の京野菜はどれも味が深かった。

蒟蒻と豆腐も素朴でうまかった。

この味を忘れるまい。

千吉はしみじみとそう思った。

六

翌日は畑と山に案内された。

畑もさることながら、千吉が喜んだのは山だった。ここでは松茸が採れる。

「わいらは慣れてるんで、見つけたら言うわ」

安太郎が言った。

「採るときにこつがあるんで」

籠を背負った安次が笑みを浮かべた。

「どうぞよろしゅうに」

千吉は頭を下げた。

兄弟から教えを請いながら、千吉は松茸採りに精を出した。

「あそこに出とるで」

「ええ松茸や」

安太郎と安次は慣れている。

一見すると分からないところに生えている松茸を見つけていく。

「こらええ松茸や」

「豊作やで」

どちらも恵比須《えびす》顔だ。

「あっ、あれは……」

千吉が指さした。

安太郎が近づいてたしかめる。

「松茸や。よう見つけたな」

兄が笑みを浮かべた。

「折れんように、ていねいに採ってや」

弟が言う。

「はい。初収穫で」

千吉は松茸に近づいた。

「周りの土からのけていって。これならええやろっていう具合になったら抜いてや」

安太郎が言った。

千吉は言われたとおりにした。

ややあって、香り高い松茸が採れた。

「今日は松茸飯やな」

「これだけあったら天麩羅にもでけるで」

太秦の兄弟が言う。

「気張ってつくりますんで」

のどか屋の二代目が笑顔で言った。

七

「わあ、おかあの松茸飯よりうまいで」

わらべの一人が声をあげた。

「そら、そや。江戸の料理人はんがつくってくれてはるんやで」

「ほんま、うまいわ」

「さすがは本家の跡取りはんや」

感心の声が響いた。

名脇役の油揚げこそなかったが、松茸がふんだんに入っている。今日、三人で採ってきた味の濃い松茸だ。

「天麩羅もどんどん揚げますので」

千吉が厨から言った。

「おう、そら楽しみや」

松蔵が箸を動かしながら言った。

「松茸のほかに、かき揚げも揚げますんで」

料理人の手が小気味よく動く。

「あとで一緒に食べておくれやす」

「柿もべったら漬けもありますんで」

女たちが言った。

べったら漬けは時吉が来たときも土産にもらった。塩で下漬けをした大根を米麹と砂糖で漬けこんだ甘い漬け物だ。柿は軒《のき》で吊るされていい塩梅になっている。

天麩羅は次々に揚がった。

「うまいわ、松茸」

「天つゆがまたうまい」

「江戸の味やさかいにな」

かき揚げもできた。

「金時人参に九条葱。味も色合いも、これがいちばんですね」

千吉が笑顔で言った。

「ほんまや。見ただけでうまい」

「ほな、食わんとき」

「んな殺生《せっしょう》な」

そんな調子で、箸がほうぼうで悦ばしく動いた。

きりがついたので、千吉も夕餉に加わった。

松茸飯と天麩羅もさることながら、かき揚げがうまかった。満足の味だ。

「まあ、一杯やっておくんなはれ」

安太郎が酒をついだ。

「明日はおさちの見世へ松茸と野菜を届けるんで」

安次が言う。

「わたしも運びますから」

千吉が白い歯を見せた。

「そら、ありがたい」

「頼んますわ」

太秦の兄弟の顔がほころんだ。

八

「ほな、気ィつけて」

松蔵が右手を挙げた。

「はい、おやじさんもお達者で」

千吉が答えた。

安太郎と安次とともに、太秦から京ののどか屋まで収穫した品を運ぶところだ。みな大きな嚢や籠をかついでいる。

千吉の上方みやげはまた増えた。

時吉のときと同じく、べったら漬けをもらった。わらべたちにと、干し柿も加わった。ゆうべふるまわれた濁酒《どぶろく》は固辞《こじ》したが、荷はまたいくらか重くなった。

もう一つののどか屋には朝のうちについた。

「おう。松茸も野菜も豊作やで」

「中食にも間に合うやろ」

二人の兄が言った。

「いつもおおきに。気張って出します」

おさちが笑顔で答えた。

「中食は鰊蕎麦のつもりやけど、松茸飯もつけるわ」

京造が腕まくりをした。

「天麩羅なら、わたしも手伝いますよ」

千吉が名乗りを挙げる。

「そら豪勢や」

安太郎が言った。

「お客さん、びっくりしはるで」

安次が表情を崩した。

「せっかくやから、町を歩いてから食うて帰ろに」

「そやな」

相談はたちまちまとまった。

京ののどか屋のその日の中食は、かつてないほど豪勢になった。

丼から身がはみ出しそうな鰊蕎麦
飯より具のほうが多そうな松茸飯
松茸の天麩羅
金時人参と九条葱のかき揚げ
箸休めのべったら漬

にぎやかで食べでがある膳だ。

「今日来てよかったわ」

「もう腹いっぱいや」

常連客は恵比須顔だ。

「うまいで、鰊蕎麦」

「蕎麦屋にも負けてへん」

太秦の二人の兄が言った。

「気張ってつくったさかいに」

京造が胸を張った。

「毎度おおきに。また来ておくれやす」

おさちの明るい声が響いた。

もう一つののどか屋は千客万来だ。

千吉も腕を振るった中食は、好評のうちに売り切れた。

第八章　三人道中

一

別れのときが来た。

「ほな、気ィつけて」

京造が右手を挙げた。

「また来ておくれやす」

おさちが和す。

「太秦のほうにも」

「ええもんを育てて待ってるさかいに」

安太郎と安次が笑みを浮かべた。

「みなさん、本当にお世話になりました」

江戸へ帰る千吉がていねいに一礼した。

見送りには京太郎も出ていた。

「次に会うときは、もうひとかどの料理人だね」

本家の二代目が言った。

「気張って修業させるんで」

京造が言った。

「気張ってね」

千吉は白い歯を見せた。

「うんっ」

京ののどか屋の跡取り息子がいい声で答えた。

「では、これで」

大きな嚢をかついだ千吉が言った。

「気ィつけて」

京造が言った。

「本家のみなさんによろしゅうに」

おさちが笑みを浮かべる。

「また来てや」

安太郎が言った。

「待ってるさかいに」

安次が和す。

あたたかい人たちに送られて、千吉はもう一つののどか屋を後にした。

二

京の町では最後の上方みやげを買った。

おひなが喜びそうな京人形に心が動いたけれども、だいぶ高かった。ここで散財してしまうと東海道の路銀《ろぎん》が乏しくなってしまう。

千吉はぐっとこらえて、お手玉と小ぶりの鞠《まり》を二つ買った。

紅白の鞠は猫たちへのみやげだ。

京を出た千吉は、近江《おうみ》の国を目指した。

今日の泊まりは土山宿だ。このまま東海道をたどっていけば、明日は行きと同じ道筋になる。

坂は照る照る
鈴鹿《すずか》は曇る
あいの土山
雨が降る

鈴鹿馬子唄《まごうた》にそう唄われたほど雨が多いところだ。

千吉もいくらか降られたが、幸い、暮れきるまでに旅籠に着くことができた。

望外にも、旅籠には内湯がついていた。千吉は湯にゆっくり浸かり、旅の疲れを癒した。

翌る日には、ある見世に立ち寄った。

京ののどか屋で修業していた良松が開いた飯屋だ。良松は土山宿から近い鮎河《あいが》という在所の出だ。

あるじの名から採った良松屋は、旅の者に飯や餅などを供していた。似合いの若おかみとのあいだには小さい子もいる。

「あっ、江戸ののどか屋の跡取りはんでっか」

千吉から話を聞いた良松の顔に驚きの色が浮かんだ。

「帰りに寄ろうと思ってたんです。父から話は聞いていました」

千吉が笑みを浮かべた。

すでにいくらか早い中食の膳を頼んでいる。

「のどか屋はんには、ほんまにお世話になりました。いろいろ教えてもらいましたわ」

良松が白い歯を見せた。

ほどなく、膳が来た。

飯に日野菜漬け、とろろに具だくさんの汁、それに、アマゴの塩焼き。

心のこもった食べでのある膳だ。

千吉はさっそく味わった。どれもいい味だ。

「師匠はお達者で？」

良松がたずねた。

「ええ。まだまだ達者で、若い料理人に教えてます」

千吉が笑顔で答えた。

「そうでっか。そら何よりで」

良松は笑みを返した。

千吉は膳をきれいに平らげた。ここからまた長い旅だ。

「ごちそうさま。またいつか」

千吉が言った。

「見世を気張ってやってますんで、またお越しください。師匠によろしゅうに」

良松がていねいに頭を下げた。

三

その後は東海道を下った。

宮の渡しを控え、桑名宿に泊まった。

ここではまた名物の蛤料理を堪能した。

旬になれば、のどか屋でもまた蛤づくしの膳を出そう。

千吉はそう思った。

池鯉鮒宿では稲荷《いなり》寿司と狸汁《たぬきじる》の膳を味わった。

狸汁といっても、狸の肉が入っているわけではない。その正体は蒟蒻だ。

炒めた蒟蒻は、肉のようなかみごたえがあった。稲荷寿司の揚げもふっくらと炊けていた。

途中までは順調だったが、大井川で足止めを食った。千吉は金谷《かなや》の旅籠で雨が止むのを待った。

「江戸の料理人さんですか。それなら、うちの跡取りに何か教えてやってくださいまし」

千吉が名乗ると、旅籠のおかみが水を向けた。

「さようですか。では、厨を見させていただいて、何をつくるか決めましょう」

千吉はそう答えた。

目玉になるような食材はなかったが、干物や玉子、葱や大蒜《にんにく》、それに蒲鉾や大豆などもあった。醬油もいいものが入っていた。

千吉は焼き飯をつくることにした。

おろし大蒜をたっぷり使った焼き飯だ。小口切りの葱も多めに使う。

「鍋をこうやって振ってやるんだ。そうすると、玉子と飯と具がよくからんで、ぱらっとしたうまい焼き飯になる」

千吉は手本を見せた。

「へい」

旅籠の跡取り息子が食い入るようにその手元を見つめた。

千吉は味つけにかかった。

塩胡椒と醬油。仕上げに胡麻油。

これでうまい焼き飯になる。

「よし、舌だめしだ」

千吉が小皿を差し出した。

いくらか年下の跡取り息子が食す。

「あっ、うまい」

声がもれた。

「おろし大蒜をたっぷり入れたから」

千吉は笑みを浮かべた。

「干物や蒲鉾もうまい。こんな焼き飯、食べたことないです」

跡取り息子が興奮気味に言った。

「宿で出したら、お客さんは喜ぶよ」

のどか屋の二代目が笑顔で言う。

「へいっ」

跡取り息子の声に力がこもった。

四

やっと大井川を越えた千吉は旅を続けた。

丸子宿では行きと同じ見世に入り、行きと同じとろろ飯を食した。

おかみは千吉の顔を憶えてくれていた。

「お帰りですね。お疲れさまで」

笑みを浮かべて労をねぎらう。

「上方を廻ってきました」

千吉も笑みを返した。

「上方のどちらへ」

おかみが問う。

「大坂と京をおもに廻りました」

大和梨川と言っても分からないだろうから、千吉はそう答えた。

行きは藩主と勤番の武士たちと一緒にここに寄った。思えばあっという間だ。

「さようですか。おいしいものもいろいろと?」

「ええ、ほうぼうで舌だめしをしました」

「さようですか。うちのは代わり映えがしませんが」

おかみがそう言って膳を置いた。

「また食べたくて寄ったんです。いただきます」

千吉は笑顔で箸を取った。

味噌汁でのばしたとろろ飯は相変わらずの美味だった。口福の味だ。

食べ終えるのが惜しいくらいだったが、千吉はすべてきれいに平らげた。

「おいしかったです」

千吉はそう告げて銭を払った。

「ありがたく存じます。またお越しください」

愛想のいいおかみが言った。

「ええ、またいつか」

のどか屋の二代目は顔をほころばせた。

五

難所の箱根越えを前に、三島宿で英気を養った。

旅籠の名物料理は鰻だった。

蒲焼きに白焼き、肝焼きに骨煎餅《ほねせんべい》。それに、鰻を巻いた玉子焼きのう巻きまでついた夕餉はなかなかに豪勢だった。

精をつけた千吉は、箱根の関を無事に越えた。

ここまで来れば江戸は近い。

湯本へ向かう茶店で、上方から来た二人組と一緒になった。これから江戸見物らしい。

「江戸の旅籠はお決まりでしょうか」

千吉はたずねた。

「いや、何にも決めてへんわ」

「どこぞええとこないかいな」

片方がたずねた。

「実は、のどか屋という旅籠付きの小料理屋の二代目で、上方から帰るところなんです。もしよろしければ、うちへご案内しますよ。繁華な両国橋の西詰にも浅草にも近い便利なところですから」

千吉は如才なく言った。

「そら、何かの縁やさかいにな」

「探す手間が省けてええわ」

「よろしゅう頼んます」

「うまいもん、食わせてや」

気のいい二人組が言った。

背の高いほうが晋松《しんまつ》、小柄なほうが竹造《たけぞう》。

錺《かざり》職と桶《おけ》職人で、どちらもほまれの手を持っている。こつこつとつとめをこなして銭をため、念願の江戸見物に出てきたらしい。

「気張ってつくりますので」

千吉は笑顔で言った。

こうして、三人道中が始まった。

六

次は小田原宿に泊まった。

「刺身がうまいな」

晋松が顔をほころばせた。

「ほんまや。朝獲れがいちばんやな」

竹造が和す。

「小田原は海のはたなので」

千吉もそう言って舌鼓を打った。

「汁もうまいで」

と、晋松。

「具がまたうまい」

竹造が満足げに言った。

「つみれがおいしいですね。山の芋でつないであるんでしょう」

味わった千吉が言った。

「そんなとこまで分かるのかいな」

「分からいでか。料理人はんやで」

「そら、宿も楽しみや」

上方の二人が掛け合う。

小田原は蒲鉾も名物だ。朝の膳にもついた。

「ぷりぷりやな」

錺職が笑みを浮かべた。

「山葵醬油に合うわ」

桶職人がうなずく。

「うちでもいい蒲鉾を使ってますよ。焼き飯の具にもいいので」

千吉がそう言って蒲鉾に箸を伸ばした。

「それも楽しみや」

「なんぼでも食うもんがありそうやな」

上方の二人組が答えた。

七

酒匂の渡しに権太坂、難所を越えて、三人は江戸を目指した。

「だいぶ足がえらなってきたな」

晋松が太腿をたたいた。

「明日もあるさかいに、次で泊まろか」

竹造が水を向ける。

「なら、保土ヶ谷宿で泊まって、明日は江戸まで行きましょう。朝早く出れば、暮れるまでにうちに着きますから」

千吉が笑顔で答えた。

「ほな、そうしょう」

「明日はいよいよ江戸やな」

二人組が答えた。

「旅籠を探してきますよ」

千吉が先んじて歩きだした。

「ああ、頼むわ」

「ええとこにしてや」

上方から来た男たちが言った。

「はいっ」

いい声で答えると、千吉はさっそく動いた。

行きも通っているから、おおよそのあたりはついていた。幸い、内湯のついたいい宿に空きがあった。旅の疲れを癒すには湯がいちばんだ。

湯上がりには飯と酒だ。

夕餉は鰻の蒲焼きの膳だった。ちょうどいい焼き加減で、肝吸いもうまかった。

「こら、ええわ」

晋松が満足げに言った。

「ええとこ、見つけてくれたわ」

竹造の箸が動く。

「もう明日は江戸ですから」

千吉が笑みを浮かべた。

「おう、気張っていこに」

「いよいよやな」

二人組が答えた。

八

翌日も三人道中は滞りなく進んだ。

六郷の渡しを越え、品川《しながわ》宿を過ぎ、街道筋を進む。

ここまで来れば、もうあと少しだ。

三人は大門《だいもん》の茶見世で休んでいくことにした。

ここでは団子に舌鼓を打った。街道筋にまで聞こえた名店だ。

「この団子はうまいな」

晋松が相好を崩した。

「団子がもちっとしてるし、みたらしの餡もうまいです」

千吉が答えた。

「そやな。茶もうまいわ。江戸の味や」

竹造がうなずく。

「これからしばらく江戸の味やで」

と、晋松。

「せっかく来たんや。ほうぼう廻るで」

竹造が勇んで言った。

「いくらでもお教えしますので」

千吉がすぐさま答えた。

「頼りにしてるで、二代目はん」

「今日からのどか屋はんに泊まりやな」

気のいい二人組が答えた。

茶見世を出た一行はさらに街道筋を進んだ。

見憶えのある景色が次から次へと現れる。


ああ、帰ってきた……。


上方みやげを背負った千吉は感慨を催した。

これからはまた江戸での暮らしが始まる。

第九章　帰還《きかん》

一

のどか屋の座敷では、隠居の季川が腰の療治を受けていた。

「そろそろ帰ってくる頃合かね、二代目は」

季川が言った。

「もうそろそろだと思いますけど」

おちよが答えた。

「長吉屋は政吉がちゃんとやってくれているようですが、向こうも気になるもので」

厨で仕込みをしながら、時吉が言った。

千吉が上方へ行っているあいだはのどか屋に詰めている。

「あ、でも、帰ってきそうな気が」

おちよがこめかみに指をやった。

「おちよさんの勘ばたらきは鋭いからね」

隠居が笑みを浮かべた。

その腰を、良庵がていねいにもみほぐす。

「そのとおりになるかもしれませんよ」

脇に控えていたおかねが言った。

「帰ってくる？　おとう」

それを聞きつけた万吉が言った。

猫たちにえさと水をやったところだ。

「そろそろ帰ってくるわよ」

母のおようが言った。

「おみやげある？」

おひながたずねた。

「いっぱいあるわよ」

おようは答えた。

「楽しみだな」

兄が言う。

「うんっ」

妹が元気よくうなずいた。

ほどなく、隠居の療治が終わった。

「楽になったよ。また頼むよ」

隠居の白い眉がやんわりと下がった。

「こちらこそ、またよろしゅうに」

良庵が頭を下げた。

「お疲れさまでございました」

つれあいのおかねが笑みを浮かべた。

二

「何かあったまるものをおくれでないか」

腰の療治を終え、一枚板の席に移った隠居が言った。

「厚揚げと大根と煮玉子の炊き合わせなどはいかがでしょう」

時吉が水を向けた。

「いいね。それに熱燗《あつかん》があればあったまりそうだ」

季川が笑みを浮かべた。

「では、ただいま」

のどか屋のあるじが笑みを返した。

ほどなく支度が調《ととの》い、おちよの酌《しゃく》で隠居が熱燗の盃をくいと干した。

「うまいね」

季川が満足げに言った。

「冬は熱燗にかぎりますね」

と、おちよ。

「そうだね、おちよさん」

隠居がそう答えたとき、座敷の隅で丸まって寝ていた老猫がむくむくと起き上がった。

二代目のどかだ。

「みゃあーん」

ひと声ないて、土間へ下りる。

いつも寝てばかりいる猫だから妙だなと、見ていたおようは思った。

そのわけは、ほどなく分かった。

表で人の気配がした。

話し声が聞こえる。


こちらです。

ほんまや、のれんに「の」って書いてあるわ。

やれやれ、やっと着いたで。


ほどなく、のれんがふっと開いて顔がのぞいた。

「おとう！」

万吉の声が弾んだ。

千吉が上方から帰ってきたのだ。

しかも、二人の客をつれて。

三

「上方みやげ、いっぱいあるぞ」

二人の子に向かって、千吉が言った。

「わあい」

「楽しみ」

万吉とおひながはしゃぐ。

「それより、お客さまのご案内を」

おちよが言った。

「部屋は空いてまっしゃろか」

晋松が訊いた。

「ちょうど二階のいい部屋が空いておりますよ」

時吉が厨から言った。

「そら、よかった」

と、晋松。

「早《は》よゆっくりしたかったんで」

竹造が和した。

「では、お荷物をお部屋へ」

おようが動いた。

「それから、一杯どうだい」

隠居が一枚板の席を手で示した。

「よろしいな」

「お供させてもらいま」

上方の二人組が言った。

「上方みやげの漬け物があるので、さっそく茶漬けに」

千吉が大きな嚢を下ろした。

「それなら、わたしももらうよ」

季川が手を挙げた。

「炊き合わせもありますので」

時吉が客に声をかけた。

「じっくり食わせてもらいますわ」

晋松が笑みを浮かべた。

「もう歩かんでええさかいに」

竹造がほっとしたように言った。

おようが客を案内しているあいだに、千吉は上方みやげを取り出した。

「漬け物は奈良の観音屋の奈良漬けに……」

と、樽を取り出す。

「聖護院大根の漬け物。それから、太秦でいただいたべったら漬け」

千吉は一つずつ取り出した。

「太秦か。おれが行ったときももらったな」

時吉が懐かしそうな顔つきになった。

「京ののどか屋はみなお達者で？」

おちよがたずねた。

「みな達者で、繁盛していたよ」

千吉が答えた。

「そう、それは何より」

のどか屋の大おかみが笑顔を見せた。

四

千吉は厨に入った。

「ああ、久々の厨で」

二代目が白い歯を見せた。

「これからまた頼むよ」

隠居が温顔で言う。

「承知で」

千吉はすぐさま答えた。

まず出したのは、奈良茶漬けと炊き合わせだった。

上方の二人組にも熱燗とともに供する。

「ほかに聖護院大根の漬け物やべったら漬けもありますが、まずは奈良漬けで」

千吉が言った。

「なら、さっそく」

「腹減ったわ」

晋松と竹造が箸を取った。

「深い味だね」

奈良漬けをこりっとかんだ隠居が言った。

「ほんまや、うまい」

と、晋松。

「炊き合わせの玉子がうまいわ」

竹造が満足げに言った。

一枚板の席の客が舌鼓を打っていると、二人の子が座敷で声をあげた。

「ほかにおみやげは？　おとう」

万吉が問う。

「おみやげ、おみやげ」

おひなが唄うように言った。

「行ってやれ」

時吉が身ぶりをまじえた。

「はいっ」

千吉は厨を出ると、嚢のもとへ歩み寄った。

「いろいろあるぞ。まずはお守りだ」

千吉は小ぶりのものを取り出した。

紅色と紺色、二色のお守りだ。

大坂の四天王寺で買ったものが、二人の子に渡った。

「これもあるぞ」

法善寺の前に四天王寺で買ったお守りも加わる。

「わあい。ほかには？」

万吉が先をうながした。

「お手玉もあるぞ。鞠も猫たちに買ってやった」

千吉が笑顔で答えた。

「猫といえば、おまえさん」

おようが座敷の隅のほうを手で示した。

猫が何匹か丸まって寝ている。

「あっ、こゆきが子を産んだのか？」

千吉が気づいた。

「そう。雪之丞の弟」

おようが答えた。

「どれどれ」

千吉は近づいた。

その気配で、こゆきが目を覚ました。

尻尾にだけ縞がある青い目の白猫だ。

「みゃあん」

お帰り、とばかりになく。

「ああ、この子か。えらかったね、こゆき」

千吉は母猫の労をねぎらうと、子猫をひょいと取り上げた。

「この子も白猫だけど、うっすらと鉢割れなの」

おようが言った。

「ほんとだ。顔に灰色のとこがあるな」

千吉がしげしげと見た。

「ふうっ」

嫌だったのか、子猫がいっちょまえに威嚇《いかく》する。

「ああ、ごめんごめん。おっかさんと兄ちゃんのとこへ行きな」

千吉は子猫を座敷に放した。

ぶるっと一つ身をふるわせ、こゆきと雪之丞のもとへ急ぐ。

「名は雪吉《ゆききち》に」

おようが言った。

「また吉かい」

と、千吉。

「憶えやすいから」

おようが笑みを浮かべた。

「ほかにもわしゃわしゃいるな」

「猫だらけや」

上方の二人組が言った。

「猫屋みたいだと言われてますから」

おちよがそう言って酒をついだ。

「ほんまやな」

晋松が笑う。

「それにしても、茶漬けも炊き合わせもうまかったわ」

竹造が満足げに言った。

「まだまだいくらでもおいしいものが出るよ」

隠居が言った。

「鰺の干物はいかがでしょう」

時吉が水を向けた。

「ああ、ええな」

「ほな、もらうわ」

上方の二人組が答えた。

五

「ほら」

万吉が紅い鞠を投げた。

「はい」

おひなは白い鞠だ。

ふく、ろく、たび。

雪之丞と新参の雪吉。

猫たちが競うように鞠を取ろうとする。

そのさまを、二代目のどかとお産を終えたこゆきが見守っていた。

「あっ、そうだ」

千吉が両手を打ち合わせた。

「ほかの子猫たちは里親に出したんだね？」

およように問う。

「ええ。ついこのあいだ、最後の子がもらわれていったところで」

若おかみが座敷の猫たちを手で示した。

「一匹は猫侍だ」

干物を焼きながら、時吉が告げた。

どうやら大和梨川藩士に取り立てられたらしい。

「もう一匹は、清斎《せいさい》先生の療治長屋で」

おちよが言う。

「残った子は、常連の左官さんが引き取ってくださって」

最後におようが伝えた。

「そう。それはよかった」

千吉が笑顔で言った。

「みんな達者で何よりね」

見守っていたおちよが言った。

「はい、お待ちで」

時吉が干物を出した。

大根おろしをたっぷり添えた、こんがりと焼けた干物だ。

「おう、来たで」

「うまそうや」

上方の二人組が箸を取った。

「あ、そうだ。次のおみやげを」

千吉が嚢を探った。

取り出したのは、破魔矢だった。

「どこのものだい？」

季川がたずねた。

「京の八坂神社です」

千吉はそう答えると、踏み台を用い、破魔矢を神棚に飾った。

親子の十手と破魔矢が並ぶ。

「これで安泰だね」

隠居が笑顔で言った。

六

「漬け物のほかに食べ物はないの?」

万吉がたずねた。

「あるよ。最後のおみやげだ」

千吉はにやりと笑った。

「食べたい」

万吉が右手を挙げた。

「わたしも」

おひなも続く。

「待ってろ」

千吉はまた嚢に歩み寄った。

中から取り出したのは、大和梨川みやげのかた焼きせんべいだった。

「見憶えがあるものが出たな」

時吉が笑った。

「なに、おせんべい？」

万吉の瞳が輝いた。

「食べ方にこつがあるんだ」

千吉がそう言って座敷に歩み寄った。

「これは忍びの者がふところに忍ばせ、石垣に打ちつけて砕きながら食べたと伝えられる菓子だ。香ばしくておいしいけど、硬い。とにかく硬い。うっかりかんだら、歯のほうが折れる」

そう説明する。

「そら、剣呑や」

「岩みたいやな」

上方の二人組がややあきれたように言った。

「割り方にもこつがある。よく見てな」

千吉は子供たちに言った。

「うん」

「見てる」

万吉とおひながうなずいた。

千吉は円いかた焼きせんべいを二つ取り出した。

片方を手のひらに載せ、もう片方をしっかり握る。

「こうやって、上から打ちつけるんだ。……えいっ」

千吉は手本を見せた。

「あっ、割れた」

万吉が声をあげた。

「割れたら口に入れて、やわらかくなるまでねろねろするんだ。それからかんで味わう。硬いうちにかんだら駄目だぞ」

千吉は食べ方を指南した。

「段取りの多い菓子だね」

隠居が笑った。

「まあ日保ちはするので、みやげにはちょうどいいです」

時吉が言う。

「わいらにもくれるかな」

「話のタネになるわ」

上方の二人組が言った。

「承知しました」

千吉はかた焼きせんべいを二枚渡した。

「こうやって割るねんな」

晋松が手を動かした。

「おう、割れた」

竹造が声をあげる。

「あっ、おいしい」

かた焼きせんべいをかんだ万吉が言った。

おひなも続く。

「口の中でねろねろしてからやな」

「うっかりかまんとこ」

上方の二人組も続いた。

「あっ、たしかに香ばしいわ」

「さすがは名物や」

ややあって味わった二人組が言った。

「明日はうちの名物の豆腐飯をお出ししますので」

千吉が笑顔で言った。

「楽しみやな」

晋松が笑みを返した。

七

翌朝——。

朝膳の厨には、久々に二代目の姿があった。

「おっ、帰ってきたのかい」

「無事の帰りでめでてえな」

なじみの大工衆が声をかけた。

これから近くの普請場でひと仕事だ。

「また毎朝、豆腐飯をつくりますので」

手を動かしながら、千吉が言った。

「おう、頼むぜ」

「精もつくからよ」

大工衆が笑みを浮かべた。

「こうやってまぜて食うねんな」

座敷では、上方の二人組が初めての豆腐飯を賞味していた。

「お好みで薬味をまぜていただければ、また味が変わりますので」

おちよがにこやかに言った。

「そうしてみるわ」

「まずは豆腐と飯だけや。これだけでもうまいで」

晋松と竹造が言った。

「いつもの味がいちばんだね」

一枚板の席に陣取った隠居が言う。

「ええ。道中でいろいろおいしいものをいただきましたけど、やっぱり江戸のわが家がいちばんで」

千吉が笑みを浮かべた。

「あっ、ほんまや」

晋松が声をあげた。

「味が変わりましたか」

おちよが問う。

「山葵と海苔と葱で変わったわ」

上方から来た男が笑顔で答えた。

「こら、うまい。さすがに名物や」

晋松と竹造の匙《さじ》がまた小気味よく動く。

そのさまを見て、千吉はまた顔をほころばせた。

八

けふの中食
焼き飯と朝どれ刺身膳
上方みやげのつけもの三種

けんちん汁
四十食かぎり　四十文

おかげさまで
二代目　旅からもどりました
のどか屋

そんな貼り紙が出た。

「おっ、帰ってきたのかい」

「久々に親子がかりだな」

揃いの半纏をまとった左官衆が口々に言った。

「おう、里子は達者にしてるぜ」

一人が右手を挙げた。

「それは何よりで」

古参の手伝いのおけいが笑みを浮かべた。

「名は何と？」

厨で手を動かしながら、千吉がたずねた。

「白いからしろだ。憶えやすいからな」

左官が笑う。

「言いやすいですしね。……はい、お待ちで」

千吉が膳を仕上げた。

奈良漬け、聖護院大根の漬け物、べったら漬け。

三種の上方みやげがついた膳だ。

これに、皿からはみ出さんばかりの朝獲れの刺身に具だくさんのけんちん汁がつく。

「おう、うめえな」

「刺身がぷりぷりだ」

ほうぼうから声があがった。

「焼き飯にも漬け物が入ってるな、あるじ」

剣術指南の武家がたずねた。

「はい。奈良漬けを刻んで入れました。存外に合うので」

時吉が答えた。

「うむ。これもまた一興《いっきょう》でうまい」

武家が白い歯を見せた。

「お膳、お待たせしました」

お運びのおてるがいい声を響かせる。

「毎度ありがたく存じます」

勘定場はおようだ。

「あと三膳」

時吉が表に向かって声を張りあげた。

「はいよ」

様子を見ていたおちよが答える。

「中食、あと三膳になりました。お急ぎくださーい」

その声に応えて、客がつれだって入ってきた。

「やれやれ、間に合ったぜ」

「危ねえ、危ねえ」

なじみの職人衆が言う。

そんな調子で、のどか屋の中食は今日も滞りなく売り切れた。

九

二幕目にはまず岩本町の御神酒徳利がやってきた。

「帰りに一緒になった上方のお客さんが二人お泊まりなんです。今日は浅草へ行ってますけど、湯屋にも行きたいと」

千吉が伝えた。

「そうかい。そりゃいくらでも案内するぜ」

寅次が答えた。

「おいらにゃみやげはねえのかい」

京みやげのお手玉で遊んでいるおひなのほうをちらりと見てから、野菜の棒手振りがたずねた。

「富八さんにじゃないんですけど、京の太秦で金時人参の新しい種をもらってきました」

と、千吉。

「ほう、新しい種かい」

富八が身を乗り出す。

「いままでの金時人参よりさらに甘みがあっておいしいそうです。砂村の義助さんに育てていただこうと思って」

千吉が笑顔で言った。

「それなら、仕入れがてら、明日にでも行ってくるぜ。しばらくご無沙汰してたからな」

野菜の棒手振りがそう言ってくれた。

「さようですか。それは渡りに船で」

千吉が軽く両手を打ち合わせた。

そんな調子で段取りが進み、京みやげの種が富八の手に渡った。

岩本町の御神酒徳利が引き上げてほどなく、万年同心が姿を現わした。

「あっ、平ちゃん」

千吉の顔が輝く。

「おう、無事の帰還で何よりだな」

万年同心がそう言って一枚板の席に腰を下ろした。

「ほうぼうで舌だめしをして、帳面にも書いてきたよ」

千吉が笑みを浮かべた。

「さっそく見世で出したりするのかい」

万年同心が問う。

「うーん、と言っても、鱧とかは江戸では手に入らないから」

千吉は首をかしげた。

「上方ならではだからな」

と、同心。

「そうそう。丸子宿のとろろ飯などは出せるかもしれないけど」

千吉が少し考えてから言った。

「だったら、そのうち中食の顔にするか。とろろ芋なら手に入るだろう」

時吉が水を向けた。

「そうですね、師匠」

千吉がうなずいた。

「これからまた見廻りだから、灯屋に伝えておいてやろう。のどか屋の二代目がたくさん調べ物をして帰ってきたと」

万年同心がそう言って茶を啜った。

「あんまり言ったら、すぐ書けって言われるから、平ちゃん」

ややあいまいな表情で、千吉が言った。

「忘れないうちに書いておけばいいじゃないの」

おちよが横合いから言った。

「そう軽く言われても」

と、千吉。

「まあ、料理をつくりながら追い追いだな」

時吉がまとめた。

「はいっ」

のどか屋の二代目が気の入った声を発した。

第十章　とろろ飯とかき揚げ

一

万年同心から知らせを聞いた灯屋の幸右衛門は、さっそく翌日の二幕目にやってきた。

狂歌師の目出鯛三と絵師の吉市も一緒だ。のどか屋の座敷に役者がそろった。

「今日はいちだんと冷えますね。何かあったまるものを」

書肆のあるじが言った。

「では、煮奴はいかがでしょう」

千吉が厨から水を向けた。

二代目が戻ってきたから、時吉は長吉屋に詰めている。

「ああ、いいですね。それと熱燗を」

幸右衛門が答えた。

「承知しました」

千吉は手を動かしだした。

「何か上方仕込みのものはないんですかい？」

目出鯛三が問うた。

「向こうでいろいろ舌だめしをしたんですが、鱧やぐじなどは江戸じゃ出せないもので」

千吉が答えた。

「無い袖は振れないからね」

と、狂歌師。

「ええ。本当は煮奴の鍋にも九条葱を入れたかったんですが」

千吉が少し残念そうに言った。

ややあって、煮奴の鍋と熱燗が出た。

待ちかねたように客の手が動く。

「江戸の葱でもうまいね」

賞味した幸右衛門が言った。

「豆腐が胃の腑にしみますな」

目出鯛三が表情をやわらげた。

「やさしい味で」

吉市も笑みを浮かべる。

炊き合わせも出た。

蛸《たこ》と里芋と厚揚げ。上方の薄口醬油を使うことも考えたが、ここはいつもの味つけにした。これはこれで存分にうまい。

「帳面はこんな感じで進めてきました」

手が空いたところで、千吉が座敷の客に見せた。

「これはこれは、ご苦労さまで」

灯屋のあるじが受け取ってあらためる。

「絵も入ってますね」

のぞきこんだ絵師が言った。

「下手ですけど、ささっと描きました」

と、千吉。

「上方の料理に加えて、東海道のうまいものづくし。これでもとの紙をたくさん書けますね」

帳面に目を通した幸右衛門が言った。

「それを先生にふくらませていただければと」

千吉が目出鯛三のほうを手で示した。

「舞文曲筆《ぶぶんきょくひつ》は得手とするところなので。東海道の宿場に関しては資料もそろっているし」

狂歌師が手ごたえありげに言った。

「では、今年はもういくらもありませんが、来年には早指南ものを続けざまにいただけそうですな」

灯屋のあるじが言った。

「いや、まず『料理春秋』の三冊目からでしょう。そちらのもとの紙を」

目出鯛三が千吉を見た。

「はい、気張って書きますんで、しばしお待ちを」

のどか屋の二代目が頭を下げた。

「『諸国料理早指南』だとずいぶん時がかかりますから、まずは宿場の料理を含む

『東海道料理早指南』でまいりましょうか」

幸右衛門が目出鯛三のほうを見た。

「なるほど。承知で」

狂歌師がうなずいた。

これで一つ段取りが進んだ。

二

「せっかくだから、湯豆腐ももらうかね」

灯屋のあるじが言った。

「いいですな。たっぷりの味噌につけて」

目出鯛三が言う。

「胡麻も入れていただければ」

吉市が笑みを浮かべた。

「承知しました」

千吉が答えたとき、表で人の話し声がした。

「あ、お帰りで」

おちよが出迎える。

晋松と竹造、二人の上方の客は大松屋の内湯につかってきた。

昨日は寅次の案内で岩本町の湯屋へ行ってきた。風呂上がりに細工寿司の名店の小《こ》菊《ぎく》で一献《いっこん》傾け、いたく満足して戻ってきたようだ。

「ああ、ええ湯やったわ」

「顔がつるつるや」

二人組が言った。

「せっかくだから、おいらも呑むよ」

竹馬《ちくば》の友の升造が言った。

「座敷のお客さんに湯豆腐の鍋を出すところなんだけど、升ちゃん」

千吉が言った。

「いかがですか、湯豆腐」

大松屋の二代目が、一枚板の席に腰を下ろした上方の客に問うた。

「そら、ええな」

「なおさらあったまるわ」

晋松と竹造の声がそろった。

「なら、おいらも」

升造が右手を挙げた。

「承知で」

千吉がいい声で答えた。

ほどなく支度が調い、湯豆腐の鍋が次々に出た。

「味噌だれにつけた豆腐もうまいね」

幸右衛門が満足げに言った。

「五臓六腑にあたたかさがしみわたります」

と、吉市。

「味噌が甘いから、葱の苦みが利いてきますな」

目出鯛三が言った。

「ほんまや。葱がうまい」

晋松が声をあげた。

「江戸の葱もうまいわ」

竹造が和す。

「豆腐もしっかりしてる。ええ豆腐や」

晋松がそう言って、次の豆腐をすくった。

「そりゃ、名物が豆腐飯ですから」

大松屋の二代目が言った。

「毎朝食べても飽きん味で」

「二代目はんと道づれになってよかったわ」

上方の二人組が笑みを浮かべた。

「明日はどちらのほうへ？」

おちよがたずねた。

「浅草に両国橋の西詰に八辻ケ原《やつじがはら》、にぎやかなとこへようけ行ったさかいに、明日は深川《ふかがわ》の八幡様にお参りや」

「お守りとかみやげも買わんと」

上方の二人組が言った。

「さようですか。楽しんできてくださいまし」

のどか屋の大おかみが笑顔で言った。

三

翌日の中食の前にこんな貼り紙が出た。

けふの中食
とろろ飯膳
寒ぶりてりやき　根深汁《ねぶかじる》つき
東海道丸子宿名物とろろ飯
江戸にもどりし二代目がつくります
四十食かぎり四十文
　　　　　　　　　　のどか屋

「おっ、旅のみやげか」

「こりゃうまそうだ」

なじみの職人衆がさっそくのれんをくぐってきた。

「いらっしゃいまし」

お運びのおてるが明るい声で迎えた。

「空いているお席へどうぞ」

おけいが身ぶりをまじえる。

「おう、いい匂いだ」

「寒鰤《かんぶり》の照り焼きも楽しみだな」

客は次々に入ってきた。

「ちょいとどいてくんな」

座敷で寝そべっていた新参の雪吉を客がどかした。

雪之丞と雪吉、こゆきが産んだ兄弟はいつも仲良しだ。

「お待たせしました」

膳が来た。

「こりゃ豪勢だ」

「とろろがちょいと茶色いな」

客がのぞきこんで言った。

「味噌汁でのばしてありますので。おいしいですよ」

千吉が厨から言った。

「そうかい。そりゃうまそうだ」

「まずは照り焼きから」

箸が次々に伸びた。

「ああ、このとろろ飯はうまいね」

近くに住む隠居がうなった。

「精もつきまさ」

「汁もうめえ」

「寒鰤もたれがしみててうめえや」

職人衆が口々に言った。

そんな調子で、とろろ飯膳は好評のうちに売り切れた。

四

早いもので、上方の二人組が江戸を離れる日がやってきた。

「豆腐飯も食い納めやな」

晋松が感慨深げに言った。

「毎朝、うまいもんを食わせてもろた」

竹造が和す。

「のどか屋みたいな見世が近所にあったらええねんけどな」

「ほんまや」

そう言いながら髭が動いた。

「これから上方へ帰《けえ》るのかい」

「気をつけて帰りな」

相席の客が言った。

「へえ、おおきに」

「気ィつけてみやげを運びますわ」

晋松と竹造が笑みを浮かべた。

別れのときが来た。

今日は親子がかりの日だ。のどか屋の面々は総出で上方の二人組を見送った。

「ほな、長々と世話になりました」

晋松が頭を下げた。

「こちらこそ、長逗留ありがたく存じました」

おちよが礼を返す。

「道中、くれぐれもお気をつけて」

時吉が言った。

「へえ、世話になりました」

竹造が一礼した。

「またいつか来てくださいまし」

千吉が笑みを浮かべた。

「そやな。また来たいな」

「つとめを気張って銭をためんと」

上方の二人組が言った。

万吉とおひなも、おように連れられて見送りに出た。

「おう、大《お》っきなるんやで」

晋松が万吉のかむろ頭をなでた。

「妹もな」

竹造はおひなだ。

「年が明けたら、一緒に寺子屋なので」

おようが言った。

「そうか。そら、楽しみや」

「あっという間に大っきなるで」

上方の二人組がいい笑顔を見せた。

支度は整った。

それぞれに荷を背負った上方の二人組は、長逗留の旅籠を離れた。

「お気をつけて」

「お達者で」

その背に向かって、のどか屋の人々が声をかける。

「そっちも達者でな」

「おおきに」

上方の二人組が手を振った。

その姿が見えなくなるまで、旅の道づれになった千吉はしっかりと見送った。

五

去る人がいれば、来る客もいる。

その日の二幕目には、砂村から義助がやってきた。

今日はのどか屋に泊まるらしい。

みやげは金時人参と甘藷と葱だ。どれも甘みがあってうまい。

「富八からもらった種は、もちろんこれからだがね」

よく日にやけた男が言った。

「いまの金時人参でも、存分に甘いですから。さっそくかき揚げにしましょう」

千吉が言った。

「なら、飯もつけてくれるかな。腹が減ったんで」

義助が言った。

「承知しました。具だくさんのけんちん汁もありますよ」

千吉が水を向ける。

「ああ、もらうよ」

砂村から来た男が右手を挙げた。

千吉はてきぱきと支度を始めた。

金時人参の赤、甘藷の黄色、葱の青み。

うまくて彩りも豊かなかき揚げができる。

ほかほかの飯にたれをかけてからかき揚げを載せ、さらにたれを回しかければ、のどか屋自慢のかき揚げ丼の出来上がりだ。

「おう、来たね」

義助が箸を取った。

甘みのある野菜を使った揚げたてのかき揚げに、自慢のたれがたっぷりかかっている。これでまずかろうはずがない。

「こんなうまい料理にしてもらって、つくった甲斐があるよ」

義助の顔に笑みが浮かんだ。

「来年はさらにおいしい金時人参ができますね」

千吉が厨から言った。

「せっかく種をもらったんだから、気を入れてつくるよ」

義助が答えた。

「楽しみにしています」

千吉が白い歯を見せた。

「ああ、汁もうまい」

砂村から来た男は、けんちん汁をうまそうに啜った。

六

野菜は充分にあったので、翌日の中食にもかき揚げ丼を出した。

今日は親子がかりの日だ。長吉屋は政吉も仕切れるので、千吉が帰還したあとも時吉がのどか屋に詰めることが多くなった。

砂村の義助は朝膳を食してから浅草に向かい、お参りを済ませてきた。中食を食べてから砂村に戻るという段取りだ。

かき揚げ丼に合わせたのは、寒鰈《かんがれい》の煮つけだった。これも冬の美味だ。さらに、けんちん汁と大根菜の胡麻和えなどの小鉢がつく。

今日のかき揚げには牛蒡も入れた。おかげでさらに風味が豊かになった。

「こりゃ、うめえな」

「かき揚げの具がどれも甘くてよう」

「たれもたっぷりだ」

なじみの大工衆が言う。

「こちらの義助さんが丹精《たんせい》込めてつくってくださった野菜で」

おちよが一枚板の席を手で示した。

「そうかい」

「うめえもんをありがとよ」

「人参も甘藷もほくほくだ」

気のいい男たちが口々に言った。

「食ってもらって、つくった甲斐がありまさ」

義助が笑みを浮かべた。

「江戸一のかき揚げだぜ」

「よそじゃ出ねえ」

「うめえ野菜あってのかき揚げだからな」

客の評判は上々だった。

厨では、万吉が「とんとん」の稽古をしていた。

当人は手伝っているつもりだが、まあそこはそれだ。

「そうそう、ゆっくりでいいぞ」

おのれも手を動かしながら、時吉が言った。

今日はじいじが教え役だ。

「はいっ」

殊勝に答えて、手を動かす。

万吉がやっているのは牛蒡のささがきだ。

「そうそう、牛蒡の向きを変えながら」

指南役から声が飛ぶ。

「はい」

万吉がうなずく。

初めのうちは危なっかしい手つきだったが、少しずつさまになってきた。

「三代目も育って、言うことなしだね」

義助がそう言って、また箸を動かした。

「いや、まだまだ船出したばかりなので」

ちらりと万吉のほうを見てから、千吉が答えた。

七

中食を終えた義助が砂村に帰り、呼び込みに出たおけいとおてるが客をつれて戻ってきた。

場がひとしきりばたばたと動き、二幕目に入ってほどなく、春田東明がのれんをくぐってきた。

「あっ、先生」

千吉の顔が輝いた。

「今年もあと少しになりましたね」

春田東明はそう言うと、一枚板の席に腰を下ろした。

「何にいたしましょう」

千吉が訊いた。

「では、熱燗と煮奴で」

学者が答えた。

脇に重そうな風呂敷包みを置く。どうやら書物を贖《あがな》ってきた帰りらしい。

「どちらも楽しみにしておりますので」

おようが座敷のほうを手で示した。

万吉とおひな、年明けから一緒に清斎の寺子屋に通うことになっているきょうだいが双六《すごろく》で遊んでいる。

年が明ければ、万吉が七つ、おひなは五つだ。いささか早いが、兄に続いて妹も寺子屋に通うことになっている。

「雪の日などは無理せず、家で学んでください。途中で何かあったら困りますから」

春田東明が言った。

「もし途中で降りだしたら迎えに行きますよ」

時吉が笑みを浮かべた。

「もちろん、わたしも」

千吉も続く。

「それなら安心です」

学者が白い歯を見せた。

「お待たせしました」

煮奴と熱燗が来た。

時吉が小ぶりの鍋を置き、千吉が酒をつぐ。

「寒い日はこれにかぎりますね」

寺子屋の師匠はそう言って猪口の酒を呑み干した。

「あっ、いい目が出た」

おひなが声をあげた。

「今度はおいらだ」

万吉が賽子《さいころ》を振る。

賽子が転がるのが面白いのか、猫たちが競うように前足を出した。

「これ、駄目よ、雪之丞」

おようが声をかける。

猫は言うことを聞かない。

子猫の雪吉も出てきた。

「みな元気で何よりです」

学者は笑みを浮かべた。

ここで次の客が入ってきた。

のどか屋に姿を現わしたのは、青葉《あおば》清斎だった。

八

「今日は往診と薬の仕入れの帰りで」

清斎がそう言って、一枚板の席に腰を下ろした。

「里子は達者にしていますか？」

おちよが訊いた。

「ええ。療治の友をつとめてくれていますよ」

薬膳にくわしい本道《ほんどう》（内科）の医者が答えた。

「それはよかった。名は何と？」

さらに問う。

「初めは患者さんにつけてもらおうと思ったのですが、先生にお任せすると言われたので、思案した末に『六味《ろくみ》』としました」

清斎は答えた。

「それは薬膳に由来する名ですね」

春田東明がすぐさま言った。

「さすがですね。酸味・苦味・甘味・淡味《たんみ》・辛味・鹹味《かんみ》の六つの味を指します。五味とも言われますが、どこにもあてはまらない淡味もあるので、六味と考えています」

清斎が講釈する。

「五味より六味のほうが言いやすいです」

おちよが笑みを浮かべた。

「六味の食材をうまく組み合わせて食せば、身の養いになるわけですね」

東明がそう言って、清斎に酒をついだ。

「そのとおりです。迷ったら旬のものを使えば間違いはないでしょう」

医者が答えた。

ややあって、清斎が所望したものができあがった。

かき揚げうどんだ。

二幕目の客のために時吉が打っておいたうどんを茹で、千吉が揚げたかき揚げを載せる。これも冬の恵みの味だ。

「金時人参と甘藷と葱、それに、牛蒡と南瓜も入れてみました」

千吉が言った。

「これは六味に近いですね。身の養いになりそうです」

清斎はそう言って箸を動かした。

「おいしそうですね。かき揚げだけいただけますか、千吉さん」

春田東明が折り目正しく頼んだ。

「承知しました、先生」

千吉がいい声で答えた。

九

翌日の二幕目には祝いごとがあった。

よ組の火消し衆だ。

いまは縄張りではないが、昔のよしみで折にふれてのどか屋ののれんをくぐってくれる。

若い衆の一人に子ができた祝いだが、あらかじめ約が入っていたわけではなかった。

今日はちょうど隠居の季川が座敷で療治を受ける日だ。座敷で呑み食いをすると重なってしまう。

「おれらは土間でいいからよ」

「ご隠居が座敷で」

「生き神様みてえなもんだから」

そろいの半纏をまとった火消し衆が言った。

ほどなく、隠居の駕籠が着いた。

「いや、療治は一階の泊まり部屋でもできるから」

話を聞いた隠居が言った。

「いやいや、ただの祝いなので」

かしらの竹一《たけいち》が言った。

「べつに祝言《しゅうげん》の宴ってわけじゃねえんで」

纏《まとい》持ちの梅次《うめじ》も和す。

そうこうしているうちに、按摩の良庵と女房のおかねも姿を現わした。

「だったら、祝いに一句詠んでいただくことにすればいかがでしょう」

おちよが知恵を出した。

「ああ、それならお安い御用だよ」

隠居が請け合った。

ほどなく、仕度が整った。

隠居の療治は座敷をすべて使わなくてもいい。奥半分を療治にして、あとの半分を火消し衆が占めた。

残る一枚板の席と土間にもよ組の面々が陣取る。

約がなかったから焼き鯛などは出せない。その代わり、寒鰈の煮つけと寒鰤の照り焼き、それに、好評のかき揚げを出すことにした。かき揚げ丼ならこの頭数でも出せる。

「すまないねえ、場所を取って」

座敷で療治を受けながら、隠居が言った。

「お気になさらず」

「ご隠居は生き神様なんで」

「ありがたや、ありがたや」

火消しの一人が両手を合わせた。

「まあ、呑め」

子ができた若い火消しに、竜太《りゅうた》が酒をついだ。

「これから大変だがよ」

双子の弟の卯之吉《うのきち》が声をかける。

「へえ、夜泣きは覚悟してまさ」

若い火消しが答えた。

「それも楽しみのうちだからよ」

「難儀はするがな」

竜太と卯之吉が言った。

江美《えみ》と戸美《とみ》、のどか屋と縁深い同じ双子の姉妹をそれぞれ娶り、子もできてにぎやかに暮らしている。

料理は次々にできた。

「お待たせしました」

千吉は大車輪だ。

「上方へ行って、面構えがさらによくなったたな、二代目」

かしらの竹一が言った。

「おう、江戸一の料理人になりな」

纏持ちの梅次も言う。

「まだまだ日々の修業で」

千吉は殊勝に答えた。

ほどなく、隠居の療治が終わった。

「では、ここいらで餞《はなむけ》の一句を」

頃合いと見て、おちよが言った。

「そうかい。療治を受けながら思案していたんだが、大した句は浮かばなくてね」

そう言いながらも、季川はおちよが支度を整えた筆を握った。

うなるような達筆で、こうしたためる。

年のくれ赤子の声のめでたさよ

「決まりましたね。これは付け句なしで」

おちよが笑みを浮かべた。

「先手を打たれてしまったよ」

隠居がそう言ったから、のどか屋に和気が漂った。

終章　年越しと正月

一

　年がいよいよ押しつまってきたある日、二幕目に黒四組の面々がつれだってやってきた。

　かしらの安東満三郎と万年平之助同心、それに、日の本の用心棒こと室口源左衛門《むろぐちげんざえもん》と、韋駄天侍《いだてんざむらい》こと井達天之助《いだてあまのすけ》もいる。

「今日はおそろいで」

　おちよが出迎えた。

「ちょいと信州《しんしゅう》へ出張《でば》ってたもんでな」

　あんみつ隠密がそう言って座敷に上がった。

「捕り物でしょうか」

今日はのどか屋にいる時吉がたずねた。

「信州で寺あらしをひっ捕まえてやった。もちろん、代官所の兵を借りたがな」

黒四組のかしらが得意げに答えた。

「それはお働きで」

おちよが笑みを浮かべた。

「平ちゃんも行ったの？」

千吉が気安く声をかけた。

「いや、おれは江戸が縄張りだからよ」

万年同心が渋く笑った。

「では、ほかの皆さんで捕り物を」

おようが出てきて言った。

「大した立ち回りではなかったがな」

室口源左衛門が髭面《ひげづら》をほころばせた。

「何にせよ、一網打尽《いちもうだじん》に」

井達天之助も白い歯を見せる。

「ついでに善光寺《ぜんこうじ》参りをして、うまい蕎麦を食ってきた」

あんみつ隠密が言った。

「つゆの代わりに味醂をくれとかしらが所望したら、蕎麦屋が驚いておったわ」

日の本の用心棒がおかしそうに言った。

「それはそれは」

おようがおかしそうに笑った。

今日は鯛が残っていた。

時吉と千吉が手分けしておかき揚げをつくる。

醤油味のおかきのしくじりものを安く仕入れ、細かく砕いて天麩羅の衣《ころも》にする。下味がついているから香ばしくてうまい。ことに鯛の天麩羅に合う。

その前に、いつものあんみつ煮が出た。

「うん、甘《あめ》え」

お得意の台詞が飛び出す。

ややあって、鯛のおかき揚げができた。

「酒に合うな」

室口源左衛門が満足げに言う。

「やはり江戸の味はいいですね」

韋駄天侍も和した。

「ところで、もとの紙は書いてるか、千坊」

万年同心がたずねた。

「書いてるよ。『続々料理春秋』と『東海道料理早指南』、両方だから大変だけど」

千吉が答えた。

「『東海道料理早指南』は一人で書くのか?」

さらに問う。

「いや、それは無理なので、宿場のうまいものづくしだけで、あとは目出鯛三先生にお任せで。宿場もすべて廻ったわけじゃないから、先生がほかの書物でふくらませてくださることに」

千吉が答えた。

目出鯛三と灯屋のあるじは先日もやってきて、細かい打ち合わせを済ませていた。

「そうかい。それなら万全だ」

万年同心が笑みを浮かべた。

「楽しみにしていてよ、平ちゃん」

千吉が笑みを返した。

二

いよいよ明日は大晦日になった。

二幕目が進んだ頃合いに、一挺《ちょう》の駕籠がのどか屋の前に止まった。

中から降り立ったのは、大和梨川藩の江戸詰家老だった。

「まあ、原川さま」

おちよの顔がぱっと晴れた。

「冷えるのう」

原川新五郎は首をすくめて、お付きの藩士とともに入ってきた。

「あたたまるものをお出ししますよ」

時吉が厨から言った。

磯貝徳右衛門と名乗っていたころからの長い付き合いだ。

「ほな、煮奴をもらうかな。年寄ってきたさかいに、重たいもんは胃の腑がつらいんで」

原川新五郎はそう言うと、いささか大儀そうに座敷に上がった。

「お、みな仲良うしてるな」

座敷の隅で団子になっている猫たちを見て、江戸詰家老が笑みを浮かべた。

「里子は達者にしておりますでしょうか」

おちよがたずねた。

「猫侍はようけいるさかいに、みなでよろしゅうやってるみたいや」

原川新五郎が答えた。

「殿はいかがでしょう」

今度は千吉がたずねた。

「相変わらず、馬に乗ってほうぼうの里へ出張ってるみたいやで」

江戸詰家老が答えた。

「お姿が見えるかのようです」

千吉が笑みを浮かべた。

ややあって、煮奴ができた。

お付きの藩士が取り分け、酒をつぐ。

「すまんな」

労をねぎらうと、原川新五郎は猪口の酒をくいと呑み干した。

「うまい……しみるわ」

しみじみと言う。

その顔を、時吉は見た。

ずいぶん老けたが、若かりし頃の面影はむろん残っている。

思えば長い付き合いだ。

おのれも、遠くまで人生の旅を続けてきたものだ。

のどか屋のあるじはそんな感慨にふけった。

原川新五郎は煮奴を胃の腑に落とした。

「五臓六腑にしみわたるわ」

笑みがこぼれる。

今度は時吉が酒をついだ。

「すまんな。今年一年、お疲れや」

江戸詰家老が言った。

「来年も気張りましょう」

のどか屋のあるじが張りのある声を返した。

三

大晦日の中食――。
のどか屋の前にこんな貼り紙が出た。

けふの中食
年越しかき揚げそば
もりでもかけでも
茶飯　小ばちつき
四十食かぎり四十文
おそば大もり同じです

今年一年ありがたく存じました
どうか良いお年を
のどか屋

「おっ、大盛りでも同じ値かい」

「太っ腹だな」

「さすがはのどか屋だ」

なじみの植木の職人衆が口々に言った。

その日の厨は合戦場《かっせんば》のような忙しさになった。

大盛りも同じ値だから、蕎麦は多めに打っておかねばならない。これにもれなくかき揚げがつく。

見世のほうも大忙しだ。

「あったけえほうで、大盛りで」

「おいらはもりの並で」

「あったけえかき揚げを並でくんな」

客が我先にと注文する。

それを厨に伝えて、正しく運ばねばならないから大変だ。

「お待たせしました」

「ただいまお持ちします」

おけいとおてるは大車輪の働きだ。

「毎度ありがたく存じます」

「また来年よろしゅうに」

おちよとおようの声も響く。

「よし、小鉢を頼む」

千吉が声を発した。

「はいっ」

万吉がいい声で答えて、切干大根の煮つけの小鉢を膳に載せた。

背丈が足りてきたから、一応のところは役に立つ。

おひなはまだ無理だから、床几《しょうぎ》に座り、雪吉をだっこして見守っていた。

「兄ちゃん、気張れ」

声だけかける。

「おう、気張っているよ」

兄が答えた。

「おう、うまかったぜ」

「かき揚げもぱりぱりでよう」

「これで年が越せる」

客が満足げに言った。

そんな調子で、大晦日の中食は好評のうちに売り切れた。

四

二幕目には家主の信兵衛と力屋《ちからや》のあるじの信五郎《しんごろう》が入ってきた。

あいにく蕎麦は売り切れたが、海老天とかき揚げならまだできる。それを肴に一枚板の席で呑みはじめた。

「今年も無事終わりましたね」

力屋のあるじが時吉に言った。

「ええ、無事が何よりで」

時吉が答えた。

「年が明けたら一緒に寺子屋だね」

座敷で双六を始めたきょうだいに向かって、家主が温顔で言った。

「うん」

「たのしみ」

万吉とおひなの声がそろった。

「心配ですけど、東明先生のところなので」

おようが言った。

「東明先生なら、すべてお任せで大丈夫だよ」

家主が笑みを浮かべた。

「うん、海老天がうまい」

信五郎がうなずく。

「来年はもっと腕を上げたいですね」

厨の後片付けを始めながら、千吉が言った。

「書物も書かなきゃならないし」

おちよが言う。

「大変だね」

と、元締め。

「一日一日の積み重ねで」

千吉は答えた。

「うちもそうですよ。一日一日で」

力屋のあるじがそう言って、かき揚げを口中に投じ入れた。

「毎日おいしいものをつくって、お客様に喜んでいただければ」

のどか屋の二代目が言った。

「それにまさるものはないわね」

と、おちよ。

「来年も気張っていきましょうや」

信五郎が笑みを浮かべた。

「さようですね。お客様が喜ぶ顔をたくさん見たいです」

千吉が答えた。

「その意気だ」

泊まり客にも出すおせちの支度をしながら、時吉が言った。

「はい、師匠」

千吉が気の入った声を発した。

五

年が明けた。

弘化四年（一八四七）になった。

のどか屋は三が日が休みだが、泊まり客に朝膳だけは供する。正月に江戸見物に来る客がいくたりもいるから、泊まり部屋はほぼ埋まる。

いつもの豆腐飯に加えて、おせちも出す。

黒豆、数の子、昆布巻き、田造り、それに紅白の蒲鉾。

素朴だが、どれも心がこもっている。

汁はもちろん雑煮《ぞうに》だ。

焼いた角餅が入った江戸の雑煮は、いつもより大きめの椀を使う。

大根と人参は輪切りだ。すべてが円くおさまるようにという願いがこもっている。

これに茹でて切りそろえた小松菜と蒲鉾が入る。

鰹と昆布の合わせだしに醤油。それだけの味つけの汁が心にしみる。

「うまいね。年が改まったという感じがするよ」

「今年はいいことがありそうだな」

武州日野から来た二人の客が言った。

「あるといいですね」

おちよが笑みを浮かべた。

「縁起物のかすこ鯛の寿揚《ことぶきあ》げができますが、いかがでしょう」

時吉が水を向けた。

「かすこ鯛かい」

客が問う。

「はい。鯛の当歳魚《とうさいぎょ》で、姿のまま召し上がっていただけます」

のどか屋のあるじが答えた。

「なら、いただくよ」

「縁起物なら、喜んで」

二人の客が答えた。

「あとは揚げるだけなので」

千吉が軽く腕をたたいた。

かすこ鯛のわたを取り、下味をつけたら、尾の先と頭を合わせて形を整えて楊枝《ようじ》で止めておく。これでおめでたい姿になる。

これをからりと揚げれば、新年を寿ぐ揚げ物になる。

武州日野から来た二人組がさっそく賞味した。

「こりゃ酒が進むね」

「正月からうまいものを食えてありがてえ」

客は笑顔になった。

「もう一本、いかがでしょう」

千吉がすすめる。

「呑みてえのはやまやまだが、これから浅草だからよ」

「まずはお参りで」

客が答えた。

「明日は出かけますが、今日でしたら肴をお出しできますので」

時吉が言った。

「なら、帰ってからまた一献」

「そうだな。そうしよう」

客の相談がまとまった。

六

その日は江戸見物やお参りから戻った客を遅くまでもてなした。

酔った客が、時吉が元武家だったことを知り、しつこく剣舞を所望したから難儀したが、護身用の木刀で型を見せたら満足してくれた。

二日はいつものように朝膳を出し、火を落としてから出かける支度をした。

みなが出払うわけにはいかないから、今日は千吉とおようが二人の子をつれて深川の八幡宮へお参りにいく。明日は時吉とおちよが神田三河町の出世不動へ行く段取りになっていた。のどか屋を開いたころからお参りに通っていた、ゆかりの深い場所だ。

「では、行ってきます」

包みを提げた千吉が言った。

「みなさんによろしゅうに」

おちよが笑みを浮かべた。

お参りの前に寄るところがあった。

おようの母のおせいは、つまみかんざしづくりの親方の大三郎の後妻になっており、川向こうの本所《ほんじょ》に住んでいる。まずは仕事場に顔を出し、おせちを渡してからお参りだ。

二日に行くことは昨年のうちに伝えてあったから、入れ違いにはならなかった。

「今年もよろしゅうに」

包みを渡してから、千吉が言った。

「おせちなので」

おようが笑みを浮かべた。

「あてにしてたから助かるわ」

母が娘に言った。

「すまねえこって。これからお参りかい？」

大三郎が訊いた。

「ええ。深川の八幡様へ」

千吉が答えた。

「気張って歩きな」

つまみかんざしづくりの親方が二人のわらべに言った。

「はいっ」

万吉がいい声で答えた。

おひなが少し恥ずかしそうにうなずく。

「儀助《ぎすけ》ちゃんは今年で十五だね。早いもんだ」

千吉が感慨深げに言った。

「ずいぶん背丈も伸びて」

おせいが手を頭にやった。

「また食べに行きますので」

儀助が白い歯を見せた。

「もう餡巻《あんま》きじゃないね」

と、千吉。

「いや、餡巻きも食べますよ」

儀助が言った。

「なら、仕込みがあるから、できれば日を決めて」

千吉が答えた。

「十日に届け物があるから、そのときにどうだい」

大三郎が言った。

「ああ、いいよ」

儀助はすぐさま答えた。

「では、お待ちしています」

千吉が笑みを浮かべた。

これで段取りが決まった。

七

用事を済ませたのどか屋の一行は、深川の八幡様へ向かった。

富岡八幡宮《とみおかはちまんぐう》だ。

寛永四年（一六二七）に創建された、江戸で最も大きい八幡宮だ。善男善女の参拝客が絶えない社《やしろ》には、初詣《はつもうで》の人たちが詰めかけていた。

「列に並んでお参りだ」

千吉が言った。

「おなかすいた」

万吉が声をあげた。

「つかれた」

おひなも言う。

「終わったら茶見世へ行きましょう」

おようが笑みを浮かべた。

「門前にいい見世があるからな」

千吉もなだめる。

「うん、お団子食べる」

「わたしも」

二人の子の声がそろった。

列がだんだん短くなり、順が来た。

今年も家内安全、あきない繁盛
それから、二人の子が寺子屋へ仲良く通えますように
よろしゅうお願いいたします

千吉がそうお願いして頭を下げる。

家族に何事も起こりませんように
猫たちが病に罹りませんように
長生きしますように

おようも両手を合わせる。

万吉とおひなも続き、お参りが終わった。

「よし。おいしいものを食べに行こう」

千吉が言った。

「あったかいものがいいわね」

おようが言う。

「おしるこ」

おひなが手を挙げた。

「なら、お団子とお汁粉《しるこ》だ」

千吉が笑顔で言った。

八

のどか屋の四人は門前の茶見世に陣取った。

団子の盛り合わせと汁粉を頼む。

「あっ、猫がいる」

おひなが指さした。

日の当たる縁側で鈴のついた猫が寝ている。

「のどかによく似てるわね」

おようが言った。

こちらも茶白の縞猫だ。

「どこにでもいるからな、のどかによく似た猫は」

と、千吉。

「のどかもだいぶよたよたしてきたけど、長生きしてくれるといいわね」

おようがしみじみと言う。

「そうだな」

千吉がうなずいた。

ややあって、団子と汁粉が来た。

みたらし、餡、きなこ。

三種の盛り合わせだ。

それぞれ串に刺してある。

「わあい」

万吉がさっそく手を伸ばした。

「お汁粉から」

おひなが言った。

「お餅はゆっくり食べるのよ」

おようが言う。

「うん」

一つうなずくと、おひなはわらべ用の箸を取った。

「ゆっくりな。のどに詰まらせたら大変だから」

千吉が言う。

今年はきょうだいで寺子屋に通うことになる。荷車も通るし、道がぬかるんでいたら難儀をする。いろいろと案じだしたらきりがないほどだ。

「おいしいっ」

万吉が声をあげた。

「うまいか」

と、千吉。

「餡団子がおいしい」

万吉が笑顔で答えた。

「どれどれ」

千吉も餡団子の串を手に取った。

ほどよい甘さで、団子の練り加減もちょうどよかった。

「うまいな」

父は笑みを浮かべた。

「次はみたらしで」

せがれが次の串に手を伸ばした。

「あったかいお汁粉を呑んだら、ほっとするわね」

おようが娘に言った。

「うん、おいしい」

少し危なっかしそうに汁粉を啜ったおひなが答えた。

「たしかに、ほっとする」

千吉も汁粉を啜って笑みを浮かべた。

縁側で猫が大きな伸びをした。

新春の日の光がまた悦《よろこ》ばしく差しこみ、のどか屋の面々を照らした。

[参考文献一覧]

『一流板前が手ほどきする人気の日本料理』(世界文化社)
『人気の日本料理2　一流板前が手ほどきする春夏秋冬の日本料理』(世界文化社)
畑耕一郎『プロのためのわかりやすい日本料理』(柴田書店)
仲實『プロのためのわかりやすい和菓子』(柴田書店)
田中博敏『お通し前菜便利集』(柴田書店)
福田浩・松下幸子『料理いろは庖丁　江戸の肴、惣菜百品』(柴田書店)
志の島忠『割烹選書　春の献立』(婦人画報社)
志の島忠『日本料理四季盛付』(グラフ社)
野﨑洋光『和のおかず決定版』(世界文化社)
鈴木登紀子『手作り和食工房』(グラフ社)

『復元・江戸情報地図』（朝日新聞社）
日置英剛編『新国史大年表　五－Ⅱ』（国書刊行会）
今井金吾校訂『定本武江年表』（ちくま学芸文庫）

［ウェブサイト］
神奈川県公式観光サイト　観光かながわNow
農林水産省
東海道五十三次ルートマップ
めぐりジャパン
草の実堂
三嶋大社
ふじのくに食の都　食の都情報センター
日本遺産　ポータルサイト
icotto　心みちるたび
みかわこまち
トラベルjp

桑名市観光サイト
観光三重
伊賀ぶらり旅
伊賀イド
森奈良漬店
大阪公式観光情報OSAKAINFO
牛深水産株式会社
オリーブオイルをひとまわし
花びし
こんぶネット
法善寺
枚方文化観光協会
京・けんこうひろば
京都府
八坂神社
美濃吉

平八茶屋
甲賀市
楽食Story
富岡八幡宮

時代小説

二見時代小説文庫

上方《かみがた》みやげ　小《こ》料《りょう》理《り》のどか屋《や》 人情帖《にんじょうちょう》43

二〇二五年　三　月二十五日　初版発行

著者　倉阪《くらさか》鬼《き》一郎《いちろう》

発行所　株式会社　二見書房
〒一〇一-八四〇五
東京都千代田区神田三崎町二-一八-一一
電話　〇三-三五一五-二三一一〔営業〕
　　　〇三-三五一五-二三一三〔編集〕
振替　〇〇一七〇-四-二六三九

印刷　株式会社　堀内印刷所
製本　株式会社　村上製本所

落丁・乱丁本はお取り替えいたします。定価は、カバーに表示してあります。

ISBN978−4−576−25013−7
https://www.futami.co.jp